法外大飯店

AMULET HOTEL

アミュレット・ホテル

方丈貴惠

李彥樺 譯

目錄

EPISODE 1
阿姆雷特大飯店
005

EPISODE 0
年度犯罪獎典禮殺人事件
071

EPISODE 2
僅限熟客
137

EPISODE 3
泰坦殺人事件
209

台灣版後記
309

解說
特殊環境下的特殊人心，正是這次的特殊設定所在
——談方丈貴惠的《法外大飯店》
313

Episode 1

阿姆雷特大飯店

「你在胡說八道什麼？」

男人不屑地拋下這句話，轉頭凝視窗外。但不管是他的聲音還是背影……都流露著明顯的驚惶。

窗外的世界依然籠罩在大雨中，隔了一層白紗，只能隱約看見轎車及貨車的車頭燈。

半晌後，女人瞇著眼睛說道：

「……這就是你給我的答案？」

「沒錯。我警告你，小心一點，別讓我在飯店外遇上你。」

女人聽了男人的恐嚇，微微揚起嘴角，目光中流露輕蔑之色。眞是個沒用的男人，不敢承認自己做過的事，把責任推得一乾二淨。

女人取出隨身攜帶的細繩，將其中一端纏在左掌上，繞了好幾圈。由於戴著手套，雖然纏得很緊，卻絲毫不感覺疼痛。接著女人把另一端纏在右手上，中間留下約八十公分的長度。

接著女人將細繩往左右用力拉扯，試了試強度，低聲說道：

「既然是這樣，我們該道別了。」

原本男人嘴裡罵個不停，但女人的一句話，讓男人的聲音戛然而止。從女人的語氣察覺異狀，男人轉過頭來。

「什麼意……」

男人的聲音微微顫抖，一句話還沒說完，女人迅速將細繩套在男人的脖子上。男人瞪大雙眼，急忙抬起手，想要護住自己的脖子。但指尖除了撥動蕾絲窗簾，並未改變任何現況。

「是什麼意思，你應該很清楚。」

女人輕聲細語，收緊了細繩。

*

我剛值完夜班，正在餵金魚飼料，內線電話忽然響起。

本來打算趁再次上工前的空檔補眠，聽到電話鈴聲，我忍不住重重咂了個嘴。在水面上胡亂拍掉沾在手上的魚餌，看著魚缸裡的和金（註）爭先恐後地張開大口，我拿起了話筒。

「喂，我是桐生。」

「出了麻煩事，立刻到別館一一〇一號房來。」

我原本以為多半是飯店櫃檯人員打來的，多少有些鬆懈，一聽到話筒彼端傳來的聲音，連忙挺直腰桿。對方是這阿姆雷特大飯店（AMULET HOTEL）的老闆，也就是我的雇主。

「瞭解……嚴重嗎？」

「最糟糕的事態。」

老闆諸岡是個沉著冷靜的人，此刻語氣中卻罕見地帶了幾分疲累，我不禁皺起眉頭。

「最近這種事真多，這是今年第三次了吧？」

「近來沒水準的客人似乎增加了不少，我也很無奈。」

從昨晚就下個不停的雨，猛烈敲打著窗玻璃，發出刺耳的聲響。按照天氣預報的說法，今天似乎也會下大雨。

「我馬上過去……」

放下話筒後，我從椅子上拿起剛解下的深藍色領帶。那杯尚未喝完的麥芽威士忌，只能暫時道別了。

看來，今天又會是漫長的一天。

阿姆雷特大飯店別館的客房全是豪華套房，都有獨立的臥室、客廳以及浴室。出事的客房位在十一樓的「高樓層區域」，屬於等級較高的樓層。順帶一提，別館一樓到九樓為低樓層區域，十樓以上是高樓層區域，劃分得相當清楚。

我拖著徹夜未眠的疲憊身軀，沿著鋪了長毛地毯的走廊前進，不一會便來到一一〇一號房前。房門似乎是被人強行踹開，門把下方隱約可見鞋印。

諸岡站在門邊等著我。

昨晚見到他時，他的西裝還沒那麼皺。如今那張神似肯德基爺爺的年老臉孔上，明顯流露

註：日本金魚中的傳統品種。

疲勞之色。雖然這裡沒有鏡子，但我猜想自己的表情應該也好不到哪去。

「情況相當棘手，總之先讓你看看房裡的樣子吧。」

諸岡在前方領路，我跟著踏進客房。一走入客廳，我不由得皺起眉頭。

「……只死了一個？」

「這次只有一個。」

皮革沙發上橫躺著一具屍體。死者身材高大，穿著黑色西裝，頸部有明顯遭繩狀物勒過的痕跡。

我抬起眼，將手放在因睡眠不足而僵硬的頸子上，接著說：

「我認得這個人。姓佐佐木，自稱情報販子，其實是靠勒索爲生。昨天傍晚，我看到佐佐木辦理入住。不過像這種小角色，照理說應該沒辦法住進高樓層的客房。」

諸岡微微點頭。

「沒錯，佐佐木住的是九樓的〇九〇六號房。這裡住的是另一位客人。」

「哪一位？」

「信濃先生。桐生，你跟他應該也很熟。」

「詐騙集團『伊莉絲』的老大？」

「沒錯，他是我們飯店的優質客人。」

「我昨天還在酒吧看到他……這是他的套房？」

這件事恐怕不好解決。我搖了搖頭，戴上白手套，跪在屍體旁邊。

「從勒痕來看，這不是自殺，而是絞殺。凶器應該就是那條掉在地上的繩子吧？頸部的痕跡完全吻合。」

我一邊分析，一邊撿起掉在腳邊的繩子，湊向屍體的頸部。這條繩子細而柔韌，顯然不是飯店提供的物品，十之八九是凶手帶進來的。

門口附近的牆邊停著客房服務用的推車。

平常飯店員工使用時，會鋪上一條純白的大桌巾，眼前的推車卻是金屬外露的狀態。

我還顧整個客廳，並未看到桌巾。而且桌上空無一物，既沒有食物，也沒有飲料，這點引起我的注意。

我轉頭望向諸岡，問道：

「現階段誰知道這件事？」

「我、你、信濃先生，以及飯店的兩名員工……對了，我還通知了『多克』，請他來推估死亡時間。」

諸岡口中的「多克」，是阿姆雷特大飯店的簽約醫師。有著一頭凌亂的金髮，大家都叫他「多克」，但包含我在內，沒有人知道他的本名。據說他的專業是整形外科，但不管哪一科別，他似乎都有極深的造詣，連法醫學也不例外，經常讓旁觀者看得心裡發毛。

「這麼說來，目前只有『自己人』知道這件事？不過，剛才你提到『最糟糕的事態』，指的是哪一點？在我看來，這和以往的麻煩事並無不同。既然警方並未介入，掩蓋眞相應該不難。」

諸岡聽了我這番話，表情依然陰鬱。他下意識地撫摸那花白鬍鬚，顯得心事重重。說起諸岡這個人，大家首先想到的都是他的鬍鬚。

「嗯，該怎麼說呢……這次的情況有些特殊。第一，在某種意義上，這裡算是密室。」

密室？這倒是很久沒遇上了。假如是眞的，確實挺棘手。

我決定先回收證物，於是從胸前口袋取出一個塑膠袋，將疑似凶器的繩子放入袋中。諸岡繼續解釋：

「今天早上五點五分左右，信濃先生打了通電話給我，說一一〇一號房的門鎖似乎壞了，怎麼樣都打不開。」

據說諸岡和信濃有多年交情。或許是這個緣故，信濃直接聯繫他。

接著，我將視線移向連接走廊與客房的門。

阿姆雷特大飯店雖然是一流的高級大飯店，但客房的門鎖並未採用卡片鑰匙。卡片鑰匙基於其系統性質，必定會在卡片本體和讀取器上留下使用紀錄，而部分房客非常不希望留下任何住房紀錄，所以飯店仍採用傳統的鑰匙。

除此之外，這家飯店與一般的飯店並無太大差別，有著內開式房門，門板內側裝有安全門擋——一種能限制門板開啓角度的金屬棒。當然，門鎖具備自動上鎖功能。

因此，門鎖本身上了鎖並不奇怪。只要從外側關門，門鎖就會自動鎖上。但爲什麼使用鑰匙也無法打開門？這點就令人想不透了。

確認門擋毫無損壞後，我開口道：

「這有點古怪，似乎不是因扣上了門擋而成爲密室。」

諸岡點了點頭，露出別有深意的表情。

「沒錯，房門打不開另有原因。」

「這麼說來，很可能是有人在房內轉動鎖舌，使鎖頭呈現『雙重鎖定』的狀態。我們飯店的一般員工持有的萬能鑰匙，無法解除鎖舌轉動形成的上鎖狀態。」

阿姆雷特大飯店的最高宗旨是「保護房客的隱私與安全」。爲了防止有人闖入客房對房客不利，飯店使用的萬能鑰匙經過特別設計，限制了一部分的開鎖功能。

順帶一提，導入卡片鑰匙的其他飯店，聽說也採取了類似的保護措施。不同的卡片，能夠開啓的客房和門鎖種類也不同。

我思索著這幾點，接著說：

「但有一種鑰匙能夠解除『雙重鎖定』，就是『緊急鑰匙』。據我所知，『緊急鑰匙』總共只有三把，由飯店總管、副總管及老闆各保管一把。」

「沒錯，我現在也隨身攜帶。」

諸岡從鑰匙串上取下一把散發著晦暗銀光的鑰匙，遞到我的面前。

「緊急鑰匙」正如其名，是用來處理意外災害或一些緊急情況，可開啓飯店內所有客房的門鎖。

「使用你的這把特製鑰匙，還是無法打開房門？」

諸岡聽我這麼問，微微癟起嘴，無奈地回答：

「如果打得開，我何必把門踹壞？你也知道，我這輩子最討厭做沒有意義的事情。」

我非常清楚諸岡的性格。他說完這句話，隨即恢復嚴肅的神色，接著解釋：

「而且這房門根本不是『雙重鎖定』狀態。我使用緊急鑰匙時，完全沒有解除門鎖的觸感，門板紋絲不動。」

直到這時，我才注意到房門內側的門把（槓桿式門把）下方有一些刮痕，上頭的漆剝落了一部分。

我的視線繼續往下移，又發現門旁的地毯上有四處凹痕，看起來像是最近有什麼重物放置在該處。

「原來如此，門是被這玩意擋住了？」

我走向靠牆停放的推車，戴著手套輕輕按在金屬製的頂板上。

「這頂板也有壓凹的痕跡，應該是緊緊卡住門把時留下的。凶手將這推車塞到門把下方，就成了簡易的門擋裝置。」

諸岡點點頭，燃起一根他最愛的萬寶路菸。

「沒錯，這推車把門卡死了。而且當我進入房內檢查時，發現所有窗戶都上了鎖。」

聽著老闆的描述，我試著挪動推車，卻是一動也不動。

我起了疑心，仔細檢查推車底部。

推車的四個輪子皆有止滑裝置，而且都是鎖定狀態。雖然理論上可以硬拖著移動，但推車本身頗有重量，加上房內鋪著長毛地毯，產生的摩擦力讓它難以被推動。

「這推車的止滑裝置，有人碰過嗎？」

「當初我查看時，所有止滑裝置都上了鎖。原本擋住門，阻礙我進入房內，於是我和水田一起抬到牆邊了。」

水田是阿姆雷特大飯店的員工，主要負責櫃檯工作，看來他也是第一發現者。

我解開了推車的止滑裝置，推到門前。推車的頂板正好卡在槓桿式門把下方。

「原來如此，門把的高度與推車頂板的高度一致。將推車放在門前，的確能使門把無法轉動。」

頂板上的凹痕，恰恰對應門把的位置，地毯上的凹痕也與車輪的位置一致。

我試著再次鎖住推車的輪子，推車就這麼牢牢卡在門前，難以拉動。難怪老闆只能將門踹開。

我將推車移回原位後，開口道：

「這房門被人利用推車從內側封住，窗戶也全數鎖死，確實成了匪夷所思的密室。」

然而，諸岡一副欲言又止的表情，搖了搖頭，應道：

「密室殺人就夠麻煩了，更棘手的是這裡除了死者，還有一名生還者。」

諸岡將視線投向豪華套房深處的臥室。

臥室的門緊閉，我無法窺見裡面的情況，但從老闆的話中，我聽出了端倪，不禁深深嘆了口氣。

「既然這裡是密室，按常理來想，生還者就是凶手了。那個人該不會是飯店員工吧？」

「沒錯，就是遠谷。」

遠谷是個經常負責清掃工作的員工。

「這問題有點嚴重，過去從未發生員工殺害房客的情況，不過據我所知，遠谷的資歷還不到一年，而且他似乎不是負責高樓層的吧？」

「不，因爲他的工作態度認眞，上週我將他調到高樓層，負責清掃和整理床鋪。其他的詳情，你直接問他吧。」

「人不是我殺的！我是被陷害的！」

遠谷坐在床緣瑟瑟發抖，單手拿著冰袋。成了嫌犯的他，約莫三十歲，個子不高，五官清秀。因爲頭髮亂七八糟，看起來比平時更加稚氣。

遠谷眼眶含淚，連珠炮般說道：

「請你們相信我！我不認識佐佐木，連話也沒有說過！」

據我所知，佐佐木不常光顧我們這家飯店。遠谷的資歷尚淺，確實沒有理由與佐佐木產生交集。

或許，遠谷說的是眞話。

然而，即使嫌犯和受害者之間乍看毫無瓜葛，即使表面上沒有任何動機，也不能證明嫌犯的清白——哪怕是再微不足道的理由，都可能成爲殺人動機。甚至有時候，犯案動機匪夷所思到旁人無法理解的地步。

我將目光轉向站在遠谷旁邊的水田。他陪在嫌犯遠谷身邊，除了安撫遠谷的情緒之外，顯然也有監視的意味。

水田約三十五歲，照理來說他剛值完夜班，髮型和制服卻是整整齊齊，與深藍色制服及領帶都已皺巴巴的遠谷形成了強烈對比。不過，這不是什麼值得疑心的事，畢竟水田本來就是個一絲不苟的人。

水田向我和諸岡微微鞠躬致意，退到通向客廳的門旁。

昨晚水田一如往常，負責別館的櫃檯工作。因此從昨晚到今晨，爲了工作，我和他已見了好幾次面。

我轉頭朝水田說道：

「麻煩你說明一下發現屍體時的情況。」

水田推了推銀框眼鏡，回答：

「今天早上五點多，信濃先生打了一通外線電話，說鑰匙好像出了問題，房門無法打開。信濃先生是我們飯店的常客，我不敢有絲毫怠慢，所以我把櫃檯工作交給其他人，親自來到十一樓。」

「但你的萬能鑰匙也打不開房門？」

「是的，信濃先生看起來很煩躁，當場打電話聯絡老闆。」

「當時我在十三樓，接到電話後立刻趕來十一樓。我用緊急鑰匙仍無法打開，所以我和水田合力踹開房門。」

一旁的諸岡苦笑道。水田點點頭，接著說：

「那大約是五點十五分。我和老闆進入客房，發現佐佐木的屍體，遠谷則睡在地毯上。」

「我不是睡著，是被人打昏了！」

遠谷高聲抗議。只見他表情歪曲，正以冰袋按壓著後腦杓。我請他移開冰袋，往他的後腦杓看了一眼，確實有一團腫包。

「等等再讓多克幫你檢查一下傷口，先告訴我，昨晚發生什麼事？」

遠谷一臉無助地看著我，絮絮叨叨地說了起來：

「昨天傍晚，高樓層房客的需求特別多，我忙著送物品到各房。尤其是十樓的客人要求最多，香檳、女性限定用品組、老師傅特製專業開鎖工具、三十八口徑的子彈五盒……」

「都是些很正常的東西，聽起來沒什麼可疑之處。」

我大致能理解，爲什麼昨天傍晚會有那麼多房客向櫃檯要東要西。別館十三樓有家酒吧，酒吧後頭有個宴會區，昨晚那裡舉行了盛大的慶功宴。活動從晚上九點開始，所以房客大概都想趁活動前把該辦的事處理完。

遠谷接著說明：

「後來我在清掃樓層時，突然背後遇襲，腦袋似乎被狠狠敲了一記……當我醒來時，就變成這樣了。桐生，你是飯店偵探吧？請務必幫我洗刷冤屈！」

遠谷似乎完全將飯店偵探當成了萬能的神，看著那殷殷期盼的清澈雙眼，我不禁苦笑。

「你先冷靜點，想查明眞相，我需要更多線索。你是在哪裡遇襲？」

「十一樓。」

「就是這一層？時間呢？」

「大概晚上八點多，那時我正準備下班，詳細的時間不清楚。」

他的證詞相當籠統，缺乏精準性。

遺憾的是，這家飯店的客房樓層並未裝設監視器，要清查遠谷昨天做了哪些事，恐怕頗有難度。

阿姆雷特大飯店基於特殊的經營方針，在保護住宿客人的隱私方面，絕對是其他飯店難以比肩的水準。正因如此，監視器只設置於少數特定區域，例如員工專用區域、一部分的電梯大廳，以及飯店各設施的入口。

發生重大事件時，監視器的不足往往會對調查行動帶來負面影響。

就在這時，水田忽然開口：

「對了，昨晚夜班人員集合時，有同事提到負責前一班的遠谷沒交接工作就離開了，時間大概是九點左右。」

「我不是離開！是被關了一整晚！」

遠谷突然消失，卻沒有引起眾人的注意，原因似乎有兩點。首先，他的工作時間已結束，就算沒打招呼就離開，也沒什麼好值得大驚小怪的。再者，遠谷幾個月前才交了女朋友，平常話裡話外都在炫耀這件事，同事早已聽得心煩。夜班組的同事以爲他匆忙離開是要去見女友，便未放在心上。

我嘆了口氣，繼續問：

「你挨打之後，又遇上什麼事？」

「我昏迷了好久，剛剛才醒來。當我一清醒，就發現旁邊有具屍體……對了！多克可以證明我不是凶手！」

遠谷忽然說得信誓旦旦，我納悶地問：

「爲什麼這麼說？」

「一個月前，我得了橈骨神經麻痺。桐生，你應該記得我提過吧？」

「橈骨神經麻痺」這個病名我確實不陌生。

這種病是控制手部運動的神經受損引起的，通常成因是上臂長時間受到壓迫。

「噢，我想起來了。你說跟女朋友睡在一起，左臂給女朋友當枕頭，結果整條手臂麻了？到現在還沒好嗎？」

「得定期去做復健，每隔一段日子就得讓多克看一看。聽說神經修復得慢，完全痊癒大概要三個月。現在我的左手握力依然超弱。」

他喜孜孜地伸出左臂，在我的面前甩來甩去。

「如果多克的診斷屬實，左手麻痺的情況下確實很難勒死人。」

「對吧？所以我不是凶手！」

遠谷說得煞有其事，諸岡的表情卻是半信半疑。

「遠谷，不是我不相信你，但你說的這個名稱拗口的病，可能是假裝的……再加上客房是密室，這點實在說不過去。」

諸岡指著牆邊的推車，接著道：

「凶手不可能從門外將那推車卡在門把下方。密室裡只有你與屍體，沒有其他人，可見你與受害者的死脫不了關係。」

諸岡的這番話不無道理。我習慣性地手抵著下巴，陷入沉思。

「先假設遠谷是凶手，他可能以某種理由，邀請佐佐木到一一〇一號房。選擇這客房的目的，是想嫁禍給信濃先生吧？」

由於工作上的需要，遠谷持有萬能鑰匙。他若想趁信濃不在時進入一一〇一號房，一點也不困難。據說，當諸岡進房發現遠谷與屍體時，萬能鑰匙就掉落在旁邊。

遠谷低頭看著自己的左手，似乎有話想說，但一時無法提出反駁。雖然有點同情他，我依然不留情面地說了下去：

「遠谷在房內勒死佐佐木後，可能跌倒撞到頭當場昏迷。醒來時發現天亮了，他聽到走廊上似乎有人準備開門，爲了爭取時間，拿原本要用來搬運屍體的推車卡住門把。」

此時水田皺著眉頭，以食指推了推鏡框，說道：

「抱歉，我覺得『爭取時間』這個說法有些不合理。在本飯店的高樓層客房內，即使打開窗戶，也無法移動到隔壁或樓下的客房。所有員工都知道這一點，遠谷應該也很清楚。」

「當時他才剛醒來，可能腦袋還不太清楚。」

諸岡在一旁說道。他將萬寶路菸在隨身攜帶的菸灰盒裡捻熄。

「遠谷一時驚慌失措，急忙用推車封住房門。但他接著就想起自己根本無法從一一〇一號房逃脫，於是假裝昏迷，企圖讓自己看起來像是被凶手襲擊了。」

遠谷急得快哭出來，又不停展示左手，我忍不住笑了兩聲。

「這是目前能想到的合理推論。當然，我不認爲這就是眞相。」

遠谷露出如獲大赦的表情，「你願意相信我的話嗎？」

「這不是相信不相信的問題，而是顯然有人想嫁禍給你。何況這密室……其實從走廊上就能輕鬆製造出來。」

諸岡瞪大眼睛，隨即開始鼓掌。

「不愧是桐生，效率眞高！這麼快就解開了密室之謎？」

「這次的詭計不算複雜。」

我領著眾人從臥室回到客廳，繼續解釋：

「門邊地毯上留下的壓痕，首先引起了我的懷疑。假如推車在門邊只停放十五分鐘左右，輪子的痕跡不可能那麼明顯。這表示推車其實在門邊停放了更久——可能是數個小時。」

諸岡仔細檢查那些痕跡，輕輕點頭。

「有道理。這樣一來，『急忙用推車堵住門』的說法就站不住腳了。」

「這更像是爲了讓遠谷被當成凶手，故意利用推車製造出密室。」

眾人沉默了約十秒，諸岡再次開口：

「可是，要怎麼從走廊上製造出密室？」

「應該是利用了原本推車上的白色桌巾。當然，其他布料也能做到，但目前這客房裡唯一消失的布料，似乎只有那條白色桌巾。」

爲了保險起見，我再次檢查臥室以及玻璃隔間的浴室和廁所，依舊找不到那條白布。

「桌巾？」

「老闆，你也知道，客房門板下方有縫隙，東西只要夠薄，就有可能從門下穿過。」

大多數飯店服務人員都會利用客房門縫，將報紙或裝著通知單的信封送進去。換句話說，飯店客房的門板下方有縫隙，這在一般飯店是常態。

基於維安考量，阿姆雷特大飯店門下縫隙只有幾毫米，但已足夠讓一條布輕鬆通過。

「密室製作流程大致如下：首先將桌巾鋪在門邊，接著將扣上止滑裝置的推車停放在上面。推車盡量靠近房門，但爲了讓人能走出客房，推車會稍微離開門邊。」

此時諸岡沉吟一聲，說道：

「原來如此，凶手大剌剌地開門走出去，拉動事先從門縫穿出走廊的桌巾邊角，這樣就能從門外將推車移動到門把下方。」

「凶手將推車移動到合適位置後，用力將桌巾抽出門縫，密室便完成了。」

與地毯相比，桌巾表面光滑許多，摩擦力較小，回收起來並不困難。

然而並非所有疑點都已解開，我皺起眉頭，繼續道：

「雖然密室的手法已破解，但爲什麼要製造密室仍是個謎。照理來說，凶手根本沒必要讓一一〇一號房變成密室。」

「一定是爲了陷害我！絕對是這樣！」

遠谷激動大喊，但我不認爲這是答案。

「恐怕沒有那麼單純。如今你的左手已恢復得幾乎看不出問題，凶手把你關在這裡時，很可能並不知道你的手有麻痺症狀。」

「這麼說也沒錯。要是凶手知道，應該會挑別的員工下手。」

「既然凶手不知道你的左手麻痺，製造密室就是多此一舉。只要將你和屍體留在客房內，無論這是不是密室，與屍體共處一室的人自然是頭號嫌犯。」

此時，諸岡忽然笑了起來。

「或許這是在向我們飯店宣戰？」

老闆的口氣依然平靜溫和，我卻感覺房內溫度下降了不少。那句話中帶著一絲刺骨的寒意。

諸岡微微眯起眼睛，昂然說道：

「阿姆雷特大飯店並非普通的住宿設施。尤其這座別館是專爲犯罪者打造的避風港。我們致力於爲特殊客人提供所需的服務。會費看似高昂，但我們的服務絕對物超所値。」

正如老闆所言，阿姆雷特大飯店的本館對一般客人開放，別館則僅限擁有會員資格的犯罪者投宿。不具會員資格的外人，根本無法踏入別館一步。本起事件的受害者佐佐木，也是一名符合投宿資格的犯罪者。

別館會員只要支付相應的費用，可透過飯店獲得任何服務。無論是製作精巧的假護照、反坦克火箭炮，還是銀行內部的警備資料，都能輕易取得。

據說老闆創立這家飯店，是受到一部講述職業殺手復仇的動作電影啓發……但這傳聞的眞實性連我都無從得知。

當然，別館也提供一般飯店的基本服務。

例如，館內設有健身房和游泳池，專爲會員開放。此外，低樓層的頂層是專爲女性設計，提供美容護理療程的限定住宿方案在女性會員之間頗受好評。

——犯罪者投宿阿姆雷特大飯店，必須遵守兩項基本規則。

一，不得對飯店造成危害。

二，在飯店內不得傷人或殺人。

除了這兩項規則，其他行爲幾乎都被默許。然而，即便是這「僅有的兩項規則」，實際上房客也未必嚴格遵守。

値得一提的是，就算阿姆雷特大飯店內發生凶殺案，警方也不會接獲通報。飯店有自己的一套處理流程：將屍體以超高溫焚燒至完全氣化，並祕密清除一切相關痕跡。

因此，在飯店內發生的任何案件，都會被徹底掩蓋，彷彿從未發生過。在外部世界難以想像的事情，在阿姆雷特大飯店這個只有「圈內人」的特殊場所中，才能將這種荒誕的現象化爲現實。

遺憾的是，飯店這種「讓案件彷彿從未發生過」的特性，似乎引起一部分的犯罪者相當大的興趣。畢竟飯店的服務對象都是些早已失去道德觀念的惡棍，這也是不難預見的情況——基於這樣的背景因素，每隔一段時間就會有客人做出違反飯店規則的行徑。

雖然整體而言「殺人」這類重大案件的發生頻率並不算高，但根據我的經驗，平均每年都會有幾起。更棘手的是，爲了逃避罪嫌，犯罪者往往會精心設計出「完全犯罪」。

諸岡的語調高了八度，繼續道：

「某人觸犯了在我飯店殺人的大忌。不僅如此，還想嫁禍給我的員工，甚至設計密室，意圖挑釁飯店和偵探——必須盡快找出這個不可饒恕的眞凶。」

毫無疑問，最後一句話是對我說的。

根據阿姆雷特大飯店的規定，凡是飯店內發生的案件，都由飯店偵探全權負責處理。

我平時的主要職銜是夜班經理，負責飯店內的安全維護和調解糾紛。然而，破解懸案並揪出打破禁忌的罪魁禍首，才是我身爲飯店偵探最重要的任務。

*

「本飯店最大的禁忌被打破，飯店內發生凶殺案。現在我依據飯店偵探的權限，開始進行案件的蒐證調查。」

我對聚集在一一〇一號房客廳的三名房客如此宣告。眼下這三人皆爲嫌犯。蒐證調查期間，由諸岡和遠谷以見證者的身分陪同參與。

順帶一提，多克已證實遠谷的橈骨神經麻痺並非裝病。他的左手握力仍未恢復，無法進行絞殺。因此他的嫌疑洗清，身分由嫌犯轉爲證人。

三名嫌犯中，信濃的表情最爲不滿。

自己的客房發生命案，現在又成了蒐證調查的場所，不管是誰遇上這種事，都會心生埋怨，這完全可以理解。

他瞪著我，目光如冰。

「我知道在這種情況下，飯店偵探擁有調查權，但沒必要非得把我們聚在一起不可吧？哼！這根本是在浪費我的時間。」

信濃往沙發一坐，毫不在意旁邊的沙發上剛才還躺著一具屍體。

這個人看起來不到四十歲，總是穿深色西裝，像剛參加完一場宴會，而且無論下雨天或在室內，都戴著黃色墨鏡。撇開穿衣品味，他其實是個精通各種詐術的詐騙高手。

三年前「地面師（註）」從某大型企業手中騙走六十億圓」的新聞震驚全國，警方至今未能掌握歹徒的任何線索。那起案子是信濃率領的詐騙集團「伊莉絲」所爲，在圈子裡已是公開的祕密。

面對頻頻咂嘴的信濃，諸岡似乎知道他心高氣傲，溫言安撫道：

「畢竟事態非同小可，我自己也很討厭做沒意義的事情，只能請你多包涵。放心，欠你的這份人情，我一定會還的。」

信濃誇張地聳了聳肩。

「既然諸岡先生都這麼說了，我也不好再抱怨什麼。只能自認倒楣，屍體偏偏在我房裡被發現。」

等現場再也沒有人提出異議後，我開始說明發現屍體時的情況，包括一一〇一號房呈密室狀態，但這個密室可以從走廊外設置的事實。

「密室詭計我已破解。根據遠谷持有萬能鑰匙並涉入此案的事實，任何人只要奪取他的鑰匙，就能進入一一〇一號房——基於上述情況，我需要各位提供不在場證明。」

我的話剛說完，坐在沙發上的伊田癟起光澤豐潤的雙唇。她是住在一一〇二號房的房客。

「不在場證明？昨晚別館住滿了人吧？」

此時伊田穿著睡袍，前襟大大敞開，右手拿著酒杯，杯裡裝著琥珀色白蘭地——大概只有在這家飯店內，才能在命案調查現場看見此種光景。

伊田應該已年過四旬，但實際年齡無人知曉。今晨她明明只化了淡妝，依然散發出一種超凡脫俗的美。

然而，那漆黑的雙眸是如此深不見底，只是稍微對視，我就感到頭暈目眩。想必任何與她擦肩而過的人，腦中都會警鈴大作，提醒自己不要被她的外表迷惑。

註：佯裝成地主賣出土地以騙取金錢的詐騙者。

伊田是個遠近馳名的殺手。

她主要的活動範圍在海外，據說曾在一夜之間抹殺由三十名保鑣團團護衛的目標對象。雖然傳聞的眞僞不得而知，但她身上散發出的氣勢，足以讓人相信那並非空穴來風。

我輕吸一口氣，回答她的問題：

「相信各位都知道，昨晚到今天早上，十三樓的酒吧舉行了一場盛大的慶功宴。說得更精確一點，舉行慶功宴的場地是酒吧後方的宴會區。」

「這我知道，聽說是某竊盜集團慶祝成功拿下一件大案子，對吧？」

她將白蘭地酒杯挪到唇邊，啜了一口。

「正是如此。昨晚幾乎所有高樓層房客，都是那場宴會的賓客，所以我們很快就能確認他們的不在場證明。經過查證，從晚上九點到次日凌晨五點，他們都不曾離開十三樓。」

伊田發出帶有嘲諷意味的笑聲。

「難怪昨晚酒吧空蕩蕩的。原來幾乎所有房客都在宴會區。這麼說來，除了在這裡的三人之外，其他人都有不在場證明？」

「沒錯。」

「我才不相信！那飯店員工呢？就算那個小伙子因爲什麼神經麻痺無法作案，應該有其他無法提出不在場證明的員工吧？」

「負責宴會區和酒吧的工作人員，上班時間內都待在十三樓。即使休息時間離開十三樓，他們也會使用員工專用電梯，這點已再三確認過。該電梯僅連結十三樓以上的酒吧、三溫暖、餐廳等高樓層設施與一樓大廳樓層，不停靠包含十一樓在內的所有客房樓層。因此，這些員工根本沒有機會前往十一樓。」

「那其他員工呢？」

「依照本飯店的規定，夜間若非必要，員工不得進入高樓層。昨晚九點之後，櫃檯人員並未接到高樓層房客的任何要求，所以整晚只有一名員工曾進入高樓層區域。」

伊田那有著長長睫毛的雙眸，抬頭斜睨著我。

「能否告訴我，爲什麼排除那名員工的嫌疑？」

「凌晨兩點半，該名員工將備品送至十一樓。當時他是將備品放入位於員工專用電梯旁的倉庫。」

「原來如此……」

「我們查看了員工專用電梯前的監視器影像，確認該名員工在高樓層停留的時間僅爲一分鐘。當然，這一分鐘不包括搭乘電梯所需的時間。」

伊田雙眉微蹙，低聲用英語咒罵了幾句，接著說：

「要在一分鐘內完成犯罪並回到原地，確實不太可能。」

「是的，而且該地點距離這裡並不近，絕不可能在這麼短的時間內犯案。」

「眞是個糟糕的消息。」

伊田低聲說完這句話，旋即陷入沉默。

接下來開口的深川，是住在一一〇三號房的房客，瞪著我的眼神簡直像見到仇人。

「老闆、桐生，你們兩個的不在場證明呢？以你們的身分，應該不太會和其他員工一起行動吧？」

我和諸岡互望一眼，最後是老闆先出聲：

「我雖然是飯店的經營者，但昨晚的行動和參加慶功宴的賓客差不多。我和朋友一起吃吃喝喝，整晚都待在十三樓。」

「那飯店偵探呢？」

「桐生在宴會會場露了一下臉，向賓客打過招呼後，便開始巡視酒吧。晚上十點，搭員工專用的直達電梯離開高樓層區，之後就一直在櫃檯旁工作，完全沒有犯案的可能。」

「眞的是這樣嗎……？」

深川露出不以爲然的神情，說話卻有些吞吞吐吐。

這個女人年約三十出頭，身穿優雅的長袖黑色連身裙，慵懶的臉龐讓人聯想到藏狐。

在場的所有人當中，深川的外貌最不起眼，然而她卻是竊盜集團「普羅米修斯」的幹部，在犯罪業界的名聲絲毫不遜於其他兩人。

「普羅米修斯」擅長的竊盜手法，是將藝術品在不驚動物主的情況下偷偷以贋品掉包。據我所知，他們犯下的案件中，眞正曝光並驚動警察的比例不到百分之一——其餘百分之九十九，至今物主仍珍藏著贗品。

集團的竊盜手法是由深川設計改良，藉著此一功績深川被拔擢爲「普羅米修斯」的第二把交椅。

「深川小姐，聽說你與昨晚舉辦慶功宴的那個團體是競爭對手，是嗎？」

我這麼一問，深川雖然臭著一張臉，還是點了點頭。

「不過是微不足道的小案子，就要開宴會慶祝，眞是一群蠢蛋。我竟然被這麼一群蠢蛋連累，成了沒有不在場證明的倒楣鬼！」

若不趕緊阻止，深川恐怕會絮絮叨叨地抱怨下去，那可是一大酷刑，於是我急忙接著說：

「總之，本案的嫌犯目前僅有三人，分別是一一〇一號房的信濃先生、一一〇二號房的伊田小姐，以及一一〇三號房的深川小姐。」

短暫的沉默後，信濃輕哼一聲。他往酒杯裡倒白酒，開口道：

「有件事我挺在意，死者並不是住在高樓層區吧？」

「是的，死者住在〇九〇六號房。」

「果然，那種小家子氣的傢伙，成天只會幹些勒索的勾當，根本不可能有資格住進高樓層區。問題是，那傢伙是怎麼混進高樓層的？按照規定，要搭通往高樓層的直達電梯，必須先在大廳出示會員證，接受身分驗證。」

「根據高樓層直達電梯的負責人員的證詞，以及電梯前的監視器錄影畫面，佐佐木是冒充宴會的賓客，僞造了邀請函，並利用話術掩飾自己不在受邀名單上的事實。」

「怎麼會有這種事？這家飯店的維安系統不是號稱無懈可擊嗎？」

信濃的指責一針見血。

在這點上，我不得不承認飯店方面確實有一些疏失。以阿姆雷特大飯店的名聲，這樣的錯誤實在不可原諒。但事實上，佐佐木成功混入的主因在於慶功宴主辦方對邀請名單的管理太過鬆懈。

在我準備開口解釋並說明事後改善措施時，深川囈語般喃喃說道：

「就算維安工作做得萬無一失，又有什麼用？能取得這裡會員資格的人，都是一流的犯罪者——就像是把最強的盾和最強的矛放在一起，若是哪天這種微妙的平衡瓦解，我一點都不意外。」

聽到這席話，諸岡不知爲何笑了起來。

「很遺憾，我的飯店確實在維安上出現破口，這點無法辯駁。不過我可以向各位保證，打破禁忌的人絕對逃不了，畢竟這裡有一位優秀的飯店偵探，對吧？」

或許是身爲「偵探」的我與「犯罪者」立場相左，深川向我投來摻雜輕蔑和厭惡的目光，再度開口：

「老闆，你別誤會，我不是想爲那個破壞規則又欺騙飯店員工的佐佐木辯護。」

此時伊田微微瞇起眼睛，露出樂在其中的表情。

「在我看來，佐佐木的死不就是自作自受嗎？那傢伙使用非法手段闖入高樓層區，兇手應該可以主張是正當防衛吧？」

「很遺憾，事情不能這麼簡單了結。」

我一邊說，一邊從胸前口袋取出調查筆記。

「昨晚九點之後，佐佐木潛入宴會會場，見了一名朋友。根據該名朋友的證詞，佐佐木當時提到『跟某人約好了，稍後在高樓層區祕密會面』。」

「這麼說來，有人約佐佐木見面，然後動手殺人？」

「沒錯。」

「那名佐佐木的『朋友』，有沒有可能涉案？」

「他和其他宴會參加者一樣，有完美的不在場證明。不過，他與這起兇案確實並非毫無瓜葛，因爲我們發現佐佐木偷走了他住的客房鑰匙，該房位於高樓層區的十二樓。」

竊盜集團的人竟然被扒了東西，聽起來眞是諷刺，但這種事情在本飯店並不少見。

我苦笑著解釋。伊田嘆了一口氣，說道：

「看來，這個受害者昨天在飯店裡眞是膽大妄爲。」

「可以這麼說。佐佐木在九點半左右離開宴會會場，似乎擅自進入了朋友位於十二樓的客房，待了一段時間。我們在房裡找到一些跡象可以證明這一點。」

此時，諸岡揉著太陽穴補充道：

「要是佐佐木在宴會會場待得更久一些，我們就能更準確地推斷死亡時間。可惜佐佐木在九點半左右從十三樓離開後，再也沒有出現在任何監視器畫面上。」

三名嫌犯皆緘默不語，我接著說：

「由於這不是警方辦案，並不遵循一般的檢警訊問原則。接下來我將直接詢問各位昨晚的不在場證明，請做好準備。」

三人臉上都露出「隨便你」的表情。確認三人都同意後，我再次低頭看向調查筆記。

「順帶一提，根據多克的驗屍結果，佐佐木的死亡時間推定爲晚上十點至凌晨兩點之間，死因是勒頸導致的窒息死亡。」

信濃粗魯地應道：

「哼！我們說出那段時間自己在做什麼就行了吧？」

「光是這樣還不夠。因爲我們還發現了一點，就是凶手只能在特定的時段，取得用來製造密室的推車。」

「什麼意思？那推車有什麼特殊之處嗎？」

信濃把玩著葡萄酒杯，疑惑地問道。我輕輕點頭。

「我剛剛提過，凌晨兩點半有一名員工將備品送往高樓層區。當時他運送的備品，正是這推車。」

伊田微微歪頭問：

「你們如何斷定就是那推車？」

「推車的把手上有一道刮痕。我們在一一〇一號房的推車上發現完全相同的痕跡，可以確定是同一輛推車。」

這是反覆詢問好幾名員工才得到的結論，我接著說：

「這推車在歸還倉庫前，一直是停放在低樓層區，員工使用完畢之後，才送回高樓層區的倉庫。」

深川聽到這裡，一臉納悶地問：

「這不合理。如此說來，兇手殺害佐佐木之後，還等了一段時間……至少三十分鐘，最長超過四個半小時，才著手布置密室？」

我用力點了點頭。

「沒錯，這正是我們要解開的謎團。在推理的過程中，或許我們能夠明白兇手這麼做的用意。接下來，聽聽證人遠谷的證詞吧。」

「昨晚八點多，我遭人從背後襲擊了。我沒看到對方的臉，接著對方似乎用藥迷昏我。當我醒來時，已是早上。」

「遭受攻擊之後，你就昏厥了？什麼也不記得？」

「不，我醒來了兩次，但全身動彈不得，眼前只有地毯，其他什麼也沒看到。而且腦袋昏昏沉沉，根本分不清是夢還是現實……」

遠谷的話聲愈來愈低，幾乎快聽不見。我試著鼓勵他：

「是夢還是現實，由我們來判斷。」

「第一次醒來的時候，我躺在地毯上，大概是被塞到床底下了。」

「有沒有看到什麼？」

「室內沒有開燈，很暗……但地毯上有綠色和藍色的光在閃爍，應該是窗外照射進來的光。」

諸岡掏出一根萬寶路菸，狐疑地說：

「一一〇一號房的窗戶，確實朝向對面居酒屋的傳統霓虹燈。不過，那霓虹燈的顏色是以黃色和白色爲主。」

「是啊，顏色完全不對，我才懷疑可能是作夢。」

遠谷對自己的記憶毫無信心，我微微點頭回道：

「放心，那不是夢。」

「咦？」

「昨晚那家居酒屋舉行十週年慶祝活動。爲了營造氣氛，他們沒有使用霓虹燈，而是在霓虹燈周圍纏上期間限定的ＬＥＤ燈飾。我趁休息時間去看了一會熱鬧，ＬＥＤ燈飾的主色調就是藍色和綠色。」

「這麼說來，我看到的是現實中的一一〇一號房？」

「應該不會錯，這一層樓的所有客房，只有一一〇一號房會受到對面燈光影響。其他客房由於窗戶方向不同，居酒屋的燈光照不進室內。」

我一邊說一邊轉頭望向窗外。

居酒屋所在的那幢建築物，在雨中顯得朦朦朧朧。外觀不知該說是復古，還是搞錯了時代。由於現在已近中午，ＬＥＤ燈飾和霓虹燈早就熄滅。我走近窗邊，從合攏的蕾絲窗簾縫隙，可以看見馬路上大大小小的轎車及貨車奔馳而過。

諸岡順著我的視線俯瞰窗外，低聲咕噥：

「那居酒屋的燈飾幾點關掉的？」

「向居酒屋方面詢問就能釐清。不過就我所知，自從前陣子遭附近居民投訴之後，居酒屋都是凌晨一點左右就關燈了。昨晚應該也不例外。」

「我派水田去居酒屋探聽一下。桐生，繼續調查吧。」

諸岡叼著菸轉身撥打客房內線電話，我繼續問：

「還記得其他事情嗎？」

遠谷低著頭，表情依舊相當不安。

「第二次醒來時，記憶更加模糊了。我只記得在黑暗中，隱約看到某人的腳，而且好像聽到說話聲和悶哼聲。」

「那聲音說了什麼？」

「我只聽到一句『既然是這樣，我們該道別了』。很小聲，我聽不出說話的人是誰……不過從語調和嗓音聽來，應該是女性。那聲音充滿惡意，讓人聽了毛骨悚然。」

信濃將酒杯放在桌上，自言自語般低喃：

「聽起來應該是犯案前說的話。那麼，凶手是個女人？」

「或許吧。接著我聽見一陣彷彿喉嚨遭到擠壓的呻吟聲。如今回想，那恐怕是受害者斷氣前的聲音。」

遠谷說完，忍不住打了個哆嗦。我瞇起眼睛說道：

「很有可能。當時對面的燈飾還亮著嗎？」

遠谷閉上眼睛回想，半晌後神情錯愕地開口：

「那個時候沒有綠色和藍色的光了，但室內並非一片漆黑，又不像開了燈……比較像是街上的燈光隱約照進室內，我才看見四周！」

「原來如此，那時窗簾應該沒有拉上。這意味著佐佐木被勒死的時間，是在居酒屋燈飾熄滅之後，也就是凌晨一點之後。」

此時諸岡結束了內線通話，放下話筒，出聲道：

「來整理一下案情吧。凶手在晚上八點左右攻擊遠谷，讓遠谷昏迷後把他藏在一一〇一號房的床底。接著凶手在凌晨一點到兩點之間殺害佐佐木，凌晨兩點半之後利用推車製造密室。

差不多是這樣吧？」

信濃的嘴角浮現嘲諷的冷笑。

「哼！聽起來似乎是這樣，但這一切都是從這個員工的證詞推論出來的，你們怎麼知道他說的都是真的？」

信濃的懷疑不無道理，我點頭表示認同。

「如果遠谷的證詞中摻雜謊言，在接下來的調查過程中一定查得出來。信濃先生，輪到你了。」

信濃承受眾人的目光，臉上流露一絲畏懼之色。

但高傲的自尊很快就讓他恢復了冷靜，甚至帶著一點鄙視的態度。

「晚上八點左右，我吃完晚餐回房，八點半左右前往十三樓的酒吧，所以遠谷遭受攻擊應該是在八點半之後。凶手趁我離開的時候，將遠谷帶進一一〇一號房。」

「這種可能性很高。你在酒吧待到幾點？」

「九點起，我和深川談了些工作上的事情，大概十點結束。當時酒吧只有我和深川兩個客人……對了，伊田那天難得比較晚來？」

伊田聽了只是輕輕嘆氣，並沒有回應。信濃也不理她，繼續道：

「平常我會在酒吧喝一整晚的酒，但昨天突然身體不適，沒多久就離開了。」

「身體不適？」

「我有緊張型頭痛的毛病，昨晚實在疼得厲害，跟深川談完，我就回房了……深川，昨晚是不是嚇到你了？」

深川一臉不悅地譏諷道：

「事情談到一半，你就一副搖搖晃晃的樣子。頭痛這點小毛病，明明你平常不都吃個藥就繼續通宵喝酒？」

「眞抱歉，昨晚頭痛得特別厲害，我撐到談話結束已是極限。」

信濃嗜酒如命，這點我也十分清楚。

醫生都說吃頭痛藥時不能攝取酒精，信濃卻會將好幾顆藥丸配著威士忌一同吞下。不過他似乎能夠掌控自己的酒量，我從未見過他醉到失態。

深川不屑地說：

「你不必向我道歉，昨晚我也說過，我的行程排得很滿，談完工作之後，本來就沒時間陪你繼續喝酒。」

信濃有些裝模作樣地苦笑。

「眞是不給面子。總之我回房後，吃下止痛藥，就倒在床上睡著了。」

「原來如此。根據之前的證詞，你睡覺時，遠谷可能已在床底下。」

聽我這麼說，信濃表情歪曲，一臉嫌惡。

「我實在不願想像那個畫面，幸好遭受波及之前我就離開房門。睡了大約一個小時，感覺頭痛完全好了，所以十一點多我又回到十三樓的酒吧。」

在三名嫌犯來到這裡之前，我已從酒吧工作人員和其他員工口中蒐集不少關於嫌犯的證詞。目前爲止，並未發現他們在酒吧有任何可疑行徑，或不自然的探聽行爲。

這次問話的目的，是爲了揪出撒謊的人。但到目前爲止，信濃的說法與員工的證詞，以及監視器影像中的證據完全一致。

「後來呢？回到酒吧後，你做了什麼？」

「既然來到飯店，待在房裡實在太無聊了，所以我在酒吧坐到早上五點左右。昨晚客人不多，我有點失望，不過也算不上太乏味。我和酒吧老闆很熟，之後伊田也來了。」

我一邊在腦中整理聽到的訊息，一邊說道：

「這麼說來，信濃先生沒有不在場證明的時間，是晚上十點到十一點這一個小時？」

「沒錯。」

「雖然這段時間與受害者的死亡推定時間有所重疊，但根據遠谷的證詞，佐佐木的死亡時間應該是在凌晨一點到兩點之間，因此信濃先生不可能是凶手。」

聽到這句話，信濃顯然鬆了一口氣，啜了一口白葡萄酒，低聲說：

「遠谷的證詞似乎對我有利……凶手果然是女人？」

「看來是這樣。其實屍體在一一〇一號房被發現，信濃先生是凶手的可能性本來就很低。」

「何以見得？」

「因爲凶手奪取了萬能鑰匙，可以自由出入任何客房。依犯罪心理來判斷，通常不會選擇自己住的客房作爲犯案現場。畢竟一旦屍體在自己住的客房被發現，不管怎樣都會受到懷疑。」

「有道理。」

此時內線電話響起，諸岡第一時間拿起話筒。他與電話另一頭的人簡短交談後，朝眾人說道：

「是水田，對面居酒屋回應了，昨晚的特別燈飾是在凌晨一點整熄燈。」

信濃裝模作樣地打了個響指，興奮地說道：

「這下我確定是清白的了。從時間來看，我不可能布置出那個密室。」

信濃的主張合情合理，我點頭表示同意。

「沒錯。推車是凌晨兩點半被運送到十一樓，在那之後有不在場證明的信濃先生，確實不可能是凶手。」

然而伊田似乎不認同這個結論，提出反駁：

「凌晨五點多信濃就回房了，有沒有可能是在那時布置密室？」

「不可能，從地毯上的痕跡深度研判，在屍體被發現前更早的時間，推車就停放在門旁了。」

「噢，是嘛……」

「那麼，接下來能請伊田小姐說明一下昨晚的行動嗎？」

「昨晚七點左右，我在下兩層樓的女士專用樓層做完美容護理，回到客房。本來打算像平常一樣，在十三樓的酒吧喝喝小酒、吃點簡餐，卻突然接到一位常客的邀約。於是我從九點起，就在二樓的義大利餐廳和對方共進晚餐。」

「這麼說來，用餐期間你並不在高樓層？」

其實我早已掌握這個消息。

餐廳員工證實那位常客臨時預訂了座位，並且與伊田共進晚餐。此外，根據老闆的情報網，那位常客基於某種不可抗力的理由，急著委託伊田一項工作。

伊田微微瞇起那深邃的漆黑雙眸。

「你是明知故問吧？晚餐在十一點半結束，接著我直接去了十三樓的酒吧。在酒吧裡，我有時候一個人喝酒，有時候跟信濃聊天、玩遊戲。回到房裡應該是凌晨三點左右吧？」

「這與酒吧老闆的證詞完全一致。」

「回房後，我實在睡不著，於是決定再去喝點酒，凌晨四點多又前往酒吧。」

「接下來你一直窩在酒吧，直到屍體被發現爲止，是嗎？」

「聽起來有點糟糕，但確實是這樣沒錯。」

「總結起來，伊田小姐沒有不在場證明的時間，是凌晨三點到四點的這一小時。眞有意思，一般人在深夜通常不會有不在場證明，然而信濃先生和伊田小姐卻只有很短的時間沒辦法證明不在場。」

「犯罪者本來就是夜行性動物。尤其是某些職業，白天才睡覺的人也不少吧？」

伊田泰然自若地微笑，我只能垂下目光應道：

「這麼說也有道理。」

「話說回來，幸運的是，我缺少不在場證明的時間，似乎與死亡推定時間完全沒有重疊。」

「是的，伊田小姐不可能殺害佐佐木。」

對於這樣的結論，深川顯得相當不滿，立即提出異議：

「要下這個結論，恐怕言之過早。別忘了，她可是職業殺手。」

「好深的偏見。除了工作以外，我從不殺人，否則就變成純粹的勞動了。」

伊田吃吃地笑了起來，深川似乎不想與她進行無謂的爭執，轉頭對我說：

「這個殺手在十一點半從二樓移動到十三樓，途中難道沒有可能先去十一樓行凶？」

「飯店偵探怎麼想？」

兩人將問題丟給我，我無奈地苦笑了一下。

「伊田小姐的移動路線，都被電梯周遭的監視器拍攝下來了。比對影像時間，伊田小姐確實是從二樓直接前往十三樓。」

「就算是這樣，至少她有可能利用推車製造密室，不是嗎？」

深川不肯罷休，伊田彷彿在對三歲小孩講道理：

「別再鬧扯淡了。既然我無法行凶，早就洗清嫌疑。」

「你竟敢這樣和我說話，是不是年紀太大，腦袋長蟲了？」

兩人互瞪，誰也不讓誰，我夾在中間簡直坐立難安，只能嘆氣問道：

「先不說這些，深川小姐，可以說明一下你昨晚的行動嗎？」

「昨晚九點前，我都待在自己住的客房。至於九點之後，信濃不是說了嗎？我們在十三樓的酒吧討論工作。」

「到了十點左右，信濃先生就回房了，是嗎？」

聽我這麼問，深川輕輕點頭。

「於是我移動到二樓的義大利餐廳，和其他人談另一項工作。」

阿姆雷特大飯店二樓的餐廳是二十四小時營業，到了深夜會變爲義式餐酒館。深川到達的時間，應當正是轉換營業模式的時候。

「以時間點來看，伊田小姐當時應該也在同一家餐廳。」

「是啊，我一開始就注意到伊田小姐了，還主動打招呼。」

伊田既不承認，也沒有否認，只是把目光投向遠方。我手抵著下巴思索片刻，繼續問：

「深川小姐，你在二樓待到什麼時候？」

「十一點半討論完公事，我就回房了。啊，回去之前，我還和這位阿姨聊了幾句。」

「和伊田小姐？聊了些什麼？」

「沒什麼特別的，就是一些無關緊要的事。不過，我記得她提到接下來會去十三樓的酒吧喝酒。」

「原來如此，但爲什麼回房後，你沒有好好休息？」

深川的眼神瞬間變得銳利。

「除了懷疑別人，你就沒有其他把戲了嗎？我只是回去補個妝，誰說是回去休息了？十二點左右我就離開房門，再次前往二樓的餐廳。」

「你又去了餐廳？」

「有什麼問題嗎？我叫了我們集團的成員過來，一起喝悶酒直到天亮。昨天的兩件工作交涉全都不如預期，浪費了我的寶貴時間。」

深川怨恨地盯著信濃，而信濃則露出無奈的神情。

「是你報價太低，怎麼怪起我來了？我又不是在做慈善事業，別強人所難！」

「你說什麼？你開那種黑心價碼，還敢這麼囂張！」

信濃和深川完全忘了他們正在配合凶殺案的調查工作，你一言我一語地大聲爭論起來。諸岡看不下去，出聲打圓場：

「兩位，等調查結束，愛怎麼爭吵都可以。現在請專心配合調查，好嗎？」

「抱歉，老闆，是我失禮了。」

深川低頭道歉後，繼續說明：

「回到二樓餐廳後，一直到天亮，我都沒再進入高樓層。如果不信，可以問我們集團的成員，他們能爲我作證。或是詢問高樓層直達電梯的負責人員，應該也能得到同樣的答案。」

她的供詞與我之前掌握到的消息並無出入。

「這麼看來，深川小姐只有從十一點半到十二點的三十分鐘內沒有不在場證明。雖然這段時間在死亡推定時間的範圍內，但當時居酒屋還沒有關掉燈飾。」

深川瞇起細長的雙眸，露出心滿意足的微笑。

「換句話說，我也不可能犯下這起殺人案，當然更不可能將一一〇一號房布置成密室。」

案情愈來愈撲朔迷離，諸岡緊盯著我，神情顯得有些不安。

「結論怎麼是三人都不可能犯案？如果遠谷說的話屬實，佐佐木是在凌晨一點到兩點之間遭勒殺，可是這段時間所有人都有完美的不在場證明。」

伊田慵懶地仰靠在沙發上，露出妖豔的笑容，說道：

「這只會有兩種可能：那員工撒了謊，或者他自己就是凶手。老實說，我甚至懷疑多克的診斷出錯了。畢竟那小子並沒有明確的不在場證明，而且在這種情況下撒謊，不就證明他想要逃避罪責？」

遠谷聽到這番話，一張臉變得更加慘白，整個人打起了哆嗦。

「當時我確實沒看到藍色或綠色的光……我也不曉得爲什麼會是這樣的結果……」

我低頭看著地板，沉吟半晌，開口道：

「現在就認定遠谷是凶手，我覺得太武斷了，我相信多克的診斷不會出錯。何況，若他眞的是凶手，這起命案仍存在無法解釋的矛盾之處。」

「例如？」

信濃犀利地反問。

「明明有大把的時間可以逃走，他卻選擇將自己和屍體一起關在一一〇一號房。而且他還長時間維持以推車製造出的密室狀態，這麼做根本毫無意義。」

深川露出哭笑不得的表情，直視著我說：

「你是傻瓜嗎？糾結在這種雞毛蒜皮的事情上，反而會把問題搞得更複雜。」

「不，調查眞相就像拼圖，每一片最後都必須完美嵌入最合適的位置。如果對多餘的碎片視而不見，或是將碎片強行塞入不合適的位置，只會離眞相愈來愈遠。」

信濃和深川的神色變得愈來愈難看，伊田則強忍著笑意，開口：

「也許是這樣吧，但你眞的有解開謎底的能耐嗎？」

我坦然接受伊田挑釁的目光，微微一笑，應道：

「當然，至少我已抓到了眞相的尾巴。」

＊

「首先，要打破『三人都不可能犯案』的迷思。」

伊田聽到我這番話，帶著從容的表情，微微歪頭問：

「怎麼？要承認你們的員工撒謊？」

「不，我們的錯誤在於，草率地將『室內沒有居酒屋燈光』與『凌晨一點之後』畫上等號。」

「什麼意思？」

深川低聲咕噥。

「之前提過這層樓只有一一〇一號房會受到居酒屋燈光影響。其他客房因爲窗戶的方向不同，居酒屋的燈光根本照不進去。」

諸岡一愣，瞪大眼睛說：

「難道佐佐木不是在一一〇一號房遭到殺害？」

「沒錯，既然擁有員工用的萬能鑰匙，凶手可以自由進出每個客房。」

「等等，這也說不通！遠谷不是說第一次醒來的時候，確實看到綠色和藍色的光嗎？」

「可能是遠谷曾被帶到一一〇一號房，但因著某些原由，又移動到其他客房。我推測行凶現場，很可能是一一〇二號房或一一〇三號房。」

伊田和深川對看了一眼，露出難以置信的表情。

「別再胡說八道了。」

「我或她住的客房是行凶現場？」

兩人剛剛還吵鬧不休，現下卻異口同聲地反駁。我搖了搖頭，應道：

「是不是胡說八道，請聽完我的推理再下結論。總之，我這個推理能夠將佐佐木可能遇害的時間擴大到晚上十點到凌晨兩點之間。如此一來，信濃先生和深川小姐都會變成『可能犯案』。」

因爲無法提出不在場證明的時間，信濃是在晚上十點至十一點之間，深川則是在晚上十一點半至凌晨十二點之間。

被點名的兩人沉默不語，一旁的伊田則語帶調侃，輕聲說道：

「從晚上十點到凌晨兩點都有不在場證明的我，現在可以離開了吧？剛剛的消去法，排除了我的嫌疑。」

伊田正要從沙發上站起來，我嚴厲地制止她。

「不，你還不能走。至於理由，我想你自己應該最清楚。」

「什麼意思？」

「你確實沒有機會殺人，但從凌晨三點到四點，你並沒有不在場證明。所有房客當中，你是唯一有機會使用推車製造密室的人。」

伊田瞠目結舌，好一會都說不出話。我接著道：

「這次的命案，單靠一人無法完成，但若參與者不止一人，就一點也不難了。」

「你的意思是，凶手有共犯？」

諸岡在一旁問，我並沒有給予明確的回覆，繼續說：

「首先，我們來檢視一下可能涉案的人員組合。能夠下手殺人的有信濃與深川兩人，而能夠製造密室的則是伊田。也就是說，可以考慮的組合包括『信濃殺人、伊田製造密室』的情況，以及『深川殺人、伊田製造密室』的情況。」

信濃一聽，登時臉色大變。

「桐生，你是認眞的嗎？」

「當然。」

「你想想看，屍體是在一一〇一號房被發現的。如果我和伊田是共犯，怎麼不選擇在自己住的客房以外的地方放置屍體？這根本說不通吧？」

「過程中有人背叛了吧？這是再常見不過的情節。」

深川語帶譏諷，信濃一臉不耐煩地回答：

「背叛？到底是要背叛什麼？何況伊田是個殺手，爲什麼是我負責行凶，伊田負責密室？

按照常理，應該反過來才對吧！」

兩人再度吵了起來，我不禁搖頭苦笑。

「兩位不要再吵了，爲此爭吵根本沒有意義。」

聽到這句話，深川立刻將矛頭轉向我，咄咄逼人地質問：

「沒有意義？剛剛可是你自己說有共犯！」

「我沒使用過『共犯』這個字眼。你們還記得我主張凌晨兩點半以後才能製造出密室的原因嗎？」

「是因爲推車，對吧？」

「沒錯，原本低樓層使用的推車，偶然在凌晨兩點半被員工送回十一樓的倉庫，這才讓我們認定密室是在凌晨兩點半之後布置出來的。」

深川咬著嘴唇陷入沉思，我接著說：

「那是偶發事件，根本無法預料，當然也無法事前布局，藉此捏造出不在場證明。換句話說，雖然死亡推定時間與密室製造時間頗有落差，但布置密室的目的，並不是爲了製造不在場證明。」

諸岡小聲嘀咕：

「唔，如果是這樣的話，我就不懂了。爲什麼殺人後凶手沒有立即布置密室？如果不是爲了不在場證明，延遲布置密室有什麼意義？」

「探討原因之前，讓我們先釐清一個最重要的問題：『誰殺了佐佐木？』這個問題的答案，已呼之欲出。」

室內瞬間陷入沉默。我故意慢條斯理地說：

「凶手是……信濃先生。」

所有人的目光都集中在沙發上的信濃身上，他倒抽了一口氣，急忙大喊：

「你在開什麼玩笑？為什麼會是我？」

連一向對我的推理深信不疑的諸岡，也不安地低喃：

「可是，屍體是在信濃先生的一一〇一號房被發現，如果他是凶手，屍體應該會出現在其他客房才對。」

「所有的疑點，我都能提出合理的解釋——就像一幅無懈可擊的完美拼圖。」

我舔了舔嘴唇，將目光投向信濃，再度開始說明。

「根據遠谷的證詞，可以確定他最初被放置的地方就是一一〇一號房，這一點應該沒有問題。」

「是啊，只有這個客房，窗戶會透入居酒屋的燈飾光亮。」

諸岡點了點頭。掛著蕾絲窗簾的窗戶外頭，隱約可見居酒屋所在的建築輪廓。

「後來遠谷被搬移到其他客房，最終又和屍體一起回到一一〇一號房。深川小姐雖然在晚上十點到凌晨兩點之間有部分時間缺乏不在場證明，但如果她是凶手，就沒有理由在殺人時將遠谷移到其他客房。」

這對深川來說應該是有利的推論，但深川本人似乎不明白其中的道理，一臉錯愕地問：

「爲什麼？」

「一般情況下，爲了避免引起懷疑，應該會選擇在自己住的客房以外的地方殺人。遠谷最初待的一一〇一號房並不是深川小姐住的客房，因此她完全可以在這裡行凶，沒必要冒著遭人目擊的風險，將遠谷搬移到其他客房。」

信濃狠狠地瞪著我說：

「別再胡扯了！只是因爲我身體不適回房，她措手不及，才臨時改變計畫吧。」

「即使如此，也說不通。」

「哪裡說不通？」

「深川小姐趁你回房的時候去了二樓，之後沒再進入十三樓的酒吧。她根本無從得知你已結束『小睡』回到酒吧。」

我深吸了口氣，以更爲冷峻的態度繼續道：

「如果深川小姐相信你在一一〇一號房睡覺，就不可能使用萬能鑰匙打開房門。畢竟再怎麼躡手躡腳，也很容易被你發現，風險太高了。」

信濃立刻反駁：

「那也未必。她大可敲門確認是否有人，或是先設法查探房內動靜，方法多得很。而且你別忘了，當時遠谷還躺在一一〇一號房的臥室裡，她終究得把那小子帶出去。」

「如果我是深川小姐，置身在當時的情況下，我會當機立斷放棄遠谷。我可以延後殺人計畫，或是找其他方式嫁禍給別人。」

「但這只是你的假設，深川可能不會這麼想。」

「即使深川小姐決定繼續執行計畫，踏入一一〇一號房的臥室時，一定會發現你已不在客房。信濃先生，你嗜酒如命是人盡皆知的事吧？」

聽到這句話，深川馬上點頭附和：

「沒錯，他甚至會爲了繼續在酒吧喝酒，而猛吞止痛藥呢！」

「當她發現你不在房內，應該會猜到你又回到十三樓的酒吧。如果我是她，會先設法確認你是否『復活』了。至於具體的做法，我會打電話聯絡酒吧，探聽你是否已『復活』。只要答案是肯定的，我就可以按照原計畫使用一一〇一號房。我相信深川小姐也會採取相同的做法。」

原本一直靜靜聆聽的諸岡，點頭說道：

「沒錯，這很合理。如果知道信濃先生回到酒吧，深川小姐並不需要把遠谷移到其他客房。」

「然而，實際情況卻是遠谷被搬到其他客房。這表示深川小姐根本沒有打開一一〇一號房的門，也因此她不是殺害佐佐木的凶手。」

信濃垂下目光，彷彿想從地毯上找出反駁的理由，最後咬牙切齒地說：

「不，你這推論才說不通！遠谷聽到女人的聲音說『既然是這樣，我們該道別了』，凶手明顯是個女的，不可能是我。」

這樣的反駁毫無意義。我聳了聳肩，淡淡地應道：

「沒錯，行凶時室內確實有個女人，但這並不意味著女人就是凶手……受害者佐佐木不就是**女性**嗎？」

佐佐木住在九樓，也就是低樓層的頂層。那是女性專屬樓層，只允許女性住宿。

信濃懊惱地咂了個嘴，沉聲道：

「你的意思是，那句話是佐佐木說的？」

「這完全有可能。那句話或許是單純的道別，也或許是威脅之語，等同於『我要殺了你』。信濃先生，畢竟你們的工作性質比較特殊，互有利益衝突是家常便飯。即使你和佐佐木之間的關係惡化到引發殺意，我也不會感到驚訝。甚至有可能是佐佐木先動了手。」

信濃再次陷入沉默，我趁勢進擊：

「信濃先生，你在晚上八點左右襲擊遠谷，令他昏厥之後，將他藏在自己住的客房床下。當然，以爲會一直昏迷不醒的遠谷中途曾醒來，應該是你意料之外的變數吧。八點的時候，宴會和工作交涉都還沒有開始，大多數房客極可能都待在自己房裡。當時你認爲把遠谷藏在自己住的客房，比冒險搬移到別人房裡更安全。」

深川皺起眉，面露厭惡之色，開口道：

「到了九點，信濃就若無其事地出現在我的面前？跟我討論了一會工作上的事，他就找個室當的藉口回房？」

「沒錯。」我說道。

「信濃回房後，利用遠谷攜帶的員工萬能鑰匙，把遠谷搬移到伊田住的客房，也就是一一○二號房？接著他就把佐佐木帶進去殺死了，是嗎？」

深川說得彷彿一切都順理成章，但我微微瞇起眼睛，搖頭糾正：

「請不要扭曲事實。實際上，行凶現場是一一○三號房。」

「咦？」

「你曾告訴信濃先生，晚上十點之後仍有緊湊的行程安排，對吧？這表示信濃先生知道你有好一段時間不會回房，那麼他選擇你住的客房應該是理所當然的。」

「不對！不是我住的客房！」

「相較之下，伊田小姐昨晚的飯局是臨時決定的。信濃先生頂多只能確認她不在酒吧，但她可能會在任何地方。她到底在哪裡？會不會是在一一○二號房？就算她現下不在房裡，會不會等一下就回來了？這些都是信濃先生無法掌控的事情。」

此時伊田輕聲笑了起來。

「既然有確定空著的一一○三號房，凶手肯定會選擇那裡，對吧？」

「正是如此。信濃先生使用萬能鑰匙，將遠谷搬移到一一○三號房，並藏到床底下。接著，他邀請佐佐木進入，在臥室內將其勒死。」

就在這個時候，遠谷再次醒來，目睹了地板上的情景，並且聽到一些說話聲。

雖然這一點不在意料中，卻對信濃有利。

因爲遠谷聽見「既然是這樣，我們該道別了」這句話，先入爲主地認爲「那是凶手的聲音」。

畢竟嫌犯中有兩名女性，認定眞凶是女性並無不合理之處。而且遠谷曾提及，他和佐佐木「甚至連話也沒說過」。換句話說，遠谷既不熟悉佐佐木的聲音，那句話又充滿殺氣，造成了誤判。

於是信濃順水推舟，反覆強調「凶手是女性」這個偶然成立的推論，試圖將自己排除在嫌犯名單之外。

眼下信濃依舊不停否認犯行，但已無人理會他的辯解。諸岡似乎在想像凶案發生時的情景，沉著臉低語：

「殺害佐佐木之後，他將遠谷從床底下拖出來，連同萬能鑰匙一起放在屍體旁便離開，想嫁禍給遠谷？」

「在這個階段，我認爲一一〇三號房還沒有布置成密室。對信濃先生來說，只要屍體不在自己房裡，是不是密室並不重要。完成犯罪後，信濃先生爲了獲得更多不在場證明，回到十三樓的酒吧。」

接著，我將視線移向深川。

「不久之後，深川小姐回房，看見屍體……沒錯吧？」

深川緊閉雙唇，什麼話也不說。我得不到回應，只好繼續說明：

「雖然你不是凶手，但你發現屍體後並未通知飯店人員，反而把屍體搬到其他客房。不過，我大概能猜到你爲什麼會這麼做。」

諸岡聽到這裡，一臉納悶地問：

「既然信濃先生和深川小姐並非共犯關係，她直接通知飯店人員不就好了？爲什麼要幫忙隱蔽？」

「理由其實很簡單。她純粹是嫌麻煩。」

「嫌麻煩？」

老闆錯愕地大喊，我苦笑著解釋：

「屍體在深川小姐的房裡被發現，她多少都會被懷疑。爲了調查案情，老闆和我一定會問東問西，一想到要應付我們，她就覺得頭疼。」

「住在我的飯店裡，竟然會有這麼不負責任的想法！」

我完全可以理解諸岡的憤怒，但此刻追究這一點無濟於事，因而我接著說明：

「普通人看到屍體可能會大驚小怪，但阿姆雷特大飯店的客人對屍體早已司空見慣。深川小姐基於『明哲保身』的想法，毫不猶豫地將屍體和遠谷一同搬到別的客房。舉手之勞可以省下後面諸多麻煩事，這筆生意相當划算。」

隨著案件眞相揭露，深川的神色逐漸緩和，似乎已放棄抵抗。於是，我決定給她最後一擊：

「既然你住的客房就是殺人現場，很可能遺留佐佐木和遠谷的毛髮或體液等證據，再隱瞞下去也沒有意義。」

深川抬頭看著我，試探性地問：

「如果我說出眞相，這一次你們會放過我嗎？」

「你沒向飯店回報又遺棄屍體，同樣觸犯了本飯店的禁忌，但這次就以我的權限，保證不追究你的責任吧。」

深川似乎屈服了，開始敘述事情的來龍去脈。

「你的推理幾乎完全正確。我回房後，發現臥室裡有一具屍體，著實吃了一驚。不僅如此，還有一個不認識的員工倒在一旁……當時我完全沒料到，這是信濃幹得好事。」

她平常那些尖酸刻薄的言詞，此刻完全消失。信濃則是面無血色，不發一語。我瞥了他一眼，繼續提問：

「深川小姐，你不想蹚這渾水，於是利用遠谷的員工萬能鑰匙，將屍體和遠谷搬到伊田小姐的一一〇二號房，對吧？」

「處理屍體最好的方法，就是裝作沒看見。剛才提過，當時我以爲信濃在一一〇一號房睡覺，於是選擇了伊田住的客房——她說過要去十三樓的酒吧，肯定不在房裡。」

深川似乎完全放棄了抵抗，接著說：

「我又想到最好多製造一些不在場證明，便隨意找了些人，在二樓的餐酒館坐了一段時間。」

我朝諸岡瞥了一眼，確認他點頭後說道：

「深川小姐，可以回房了。你的嫌疑已排除，該向你問的也都問完了。」

深川霍然從沙發上站起，朝門口走去。

「啊，還有一件事。」

深川聽見我的呼喚，一臉驚恐地回過頭來。

「什麼事？」

「在這裡的所見所聞，不得對外人提起。這是不追究你觸犯本飯店禁忌的交換條件。」

深川輕輕點頭，逃命般迅速消失在門外。

驀地，傳來一陣竊笑聲。我狐疑地轉頭一看，只見伊田輕摀著嘴，笑道：

「到了這個地步，看來我也該說出眞相了。」

「麻煩你了，關於遺棄屍體一事，我們不會追究。」

伊田眉心微蹙，侃侃說道：

「凌晨三點回房，看見客廳躺著一具屍體和一名飯店員工，你們知道我心裡有多煩嗎？屍體在我住的客房被發現，我就得像現在這樣，浪費一天的時間配合調查。」

「所以你利用地上的萬能鑰匙，將屍體搬到一一〇一號房，是嗎？」

「沒錯，我還用推車製造了密室。當時我心想，只要不是我住的客房，搬去哪裡都行。」

「爲什麼會選擇我住的客房？」

信濃小聲嘀咕。

「理由和你選擇深川住的客房差不多吧？從我住的客房搬出屍體，最方便的選擇當然是距離最近的一一〇三號房和一一〇一號房。深川離開二樓餐廳時說要回房，所以不考慮她住的客房，而是選擇你住的客房。因爲我們不久前還一起喝酒，你又是個不折不扣的酒鬼，我以爲你整晚都會待在酒吧。」

信濃再次沉默，似乎已放棄希望。諸岡凝視著他，嘴裡叼著菸，一副令人捉摸不透的表情。

「原來屍體在外頭兜了一圈，最後又回到凶手住的客房，這也算是另類的因果報應吧？」

伊田在睡袍底下換邊蹺腳，繼續說明：

「爲了保險起見，我用藥迷昏那名員工，讓他睡得更熟。基於工作上的需要，我隨身帶著好幾種藥物，恰巧派上用場。這樣一來，我就爲自己爭取到更多時間，接著我將屍體和那名員工搬到一一〇一號房。」

「然後你利用推車製造了密室，是嗎？」

面對我的提問，伊田嘟著嘴點了點頭。

「我到員工倉庫尋找可以利用的工具，偶然看到那輛推車。」

現場維持了大約十秒的沉默。

伊田依舊挑釁地注視著我，彷彿在說：「還有謎團沒解開吧？」

「我可以問一個問題嗎？你如此費心在一一〇一號房布置密室，究竟是爲什麼？這一點我實在想不透。」

「哎呀，原來還有偵探桐生想不透的事情？」

「很遺憾，我並非無所不知。如果只是想讓遠谷揹黑鍋，只須將屍體和他留在房裡即可，根本不需要特意布置密室。」

伊田凝視著我，遲遲沒有說話，顯然是故意吊我胃口。過了半晌，她似乎覺得玩夠了，才開口：

「因爲我的想像力比較豐富一點。我想到即使把屍體和那名員工搬到別的客房，也不能保證事情就這麼成定局，對吧？住在那客房的客人，或許也會抱著相同的念頭，把屍體移動到另一個地方。如果最終又搬回我住的客房，可不太妙。」

聽到這裡，我不禁瞪大眼睛。

「難道你布置密室的目的，只是爲了避免有人從走廊上輕易打開房門，要讓信濃先生非得聯繫飯店人員不可？」

「沒錯，發現屍體的時候，只要有飯店人員在場，屍體就不可能再被搬回我住的客房。」

「原來如此，以後我會把這種心態納入考量。」

伊田露出誘惑般的微笑，整理鬆開的睡袍，拿著空酒杯站了起來。

「我現在可以回房了吧？」

諸岡雖然苦著一張臉，還是點了點頭。我勉強揚起嘴角，說道：

「請務必保密，這是不追究你觸犯禁忌的交換條件。」

「我知道你的作風，放心吧。」

她歌唱似地丟下這句話，消失在門外。

我轉頭看著信濃，問道：

「現在已確認你就是凶手。對於這件事，你還有什麼想說的嗎？」

「少跟我來這套！」

信濃猛然從沙發上站起，朝著我怒吼。他的目光猶如受困的野獸，我盡量心平氣和地說：

「如果你願意坦承犯行，現在是最後的機會，說出所有的眞相吧。」

信濃輕吸口氣，視線在地毯上游移。這隻狡獪的狐狸，顯然正在盤算怎麼做對自己最有利。

在很短的時間裡，他做出決定，再次恢復敵意，憤怒地瞪著我說：

「滾出我住的客房！我什麼都不會承認！我受夠了你那些毫無根據的推理！」

「是嗎……」

依過往的經驗，大多數的犯罪者都不願意向我坦承行凶。對他們而言，認罪等同於「完蛋」。

何況在這次的案件裡，信濃的嫁禍計畫慘遭深川和伊田破壞，最終屍體又被送回自己住的客房。信濃是個心高氣傲的人，恐怕無法接受自己如此狼狽。

「你們從頭到尾都在胡說八道！」

信濃不屑地說完這句話，凝望著窗外，但不管是聲音還是背影……都藏不住內心的驚惶。

時間還沒到中午，窗前掛著白紗——蕾絲薄窗簾，外面的世界在大雨中顯得昏昏暗暗。為了行車安全，街上的轎車及貨車多半開著車燈，燈光隱隱透入房內。

我緩緩轉頭，以眼神向諸岡傳遞無聲的詢問。諸岡面無表情地注視信濃，夾著點燃香菸的右手在脖子附近微微晃了一下。

那動作只有一種含意。

諸岡迅速向遠谷使了個眼色，兩人靜靜離開一一〇一號房。既沒有向信濃打招呼，也沒有發出任何腳步聲。因此，信濃很可能沒發現兩人已離開。

待門關上後，我的目光移回信濃身上，微微瞇起眼睛。

「這就是你給我的答案？」

「沒錯。我警告你，小心一點，別讓我在飯店外遇上你。」

他以為這句話能發揮恫嚇的效果，卻不知我已對他徹底失望。輕蔑的笑意，自然浮上了我的嘴角。眞是個沒用的男人，不敢承認自己做過的事，把責任推得一乾二淨。

我從西裝內袋拿出一條細繩。這是信濃用來殺害佐佐木的凶器，我在案發現場取得，一直隨身攜帶。

我將其中一端纏在左手上，繞了好幾圈，接著把另一端纏在右手上，中間留下約八十公分的長度。由於我戴著調查用的白手套，即使細繩緊緊纏繞在手上，也不會感到疼痛。

最後我將細繩往左右用力拉扯，試了試強度才開口：

「既然是這樣，我們該道別了。」

原本信濃還在罵個不停，聽到這句話，他的聲音戛然而止。或許是因爲向來習慣以男性口吻發言的我，忽然改用女性語氣說話。也或許是因爲我所說的這句話，正是他殺害佐佐木前說過的話，帶給他極大的恐懼。

「什麼意……」

信濃的聲音微微顫抖，還沒回過頭，我已迅速將細繩纏在他的脖子上。信濃瞪大雙眼，急忙舉起手，想要護住自己的脖子，但指尖除了撥動蕾絲窗簾，並未改變任何現況。

身爲一個女人，體格及力氣上的差距往往讓我在對付男人時處於劣勢，但「出其不意」足以彌補一切。

「是什麼意思，你應該很清楚。」

我在信濃的耳畔低喃，收緊細繩。他雙手按著脖子，喉嚨發出模糊的悶響。

「你……不是飯店偵探嗎？」

我的指尖加大力道，微微歪著脖子，短髮輕輕晃動。

「我負責處理飯店內發生的所有麻煩事。你也知道，我那位老闆最討厭做沒意義的事情。與其雇用一名偵探和一名殺手——不如雇用一名偵探兼殺手，處理事情會更有效率。」

信濃不停揮舞雙手，卻只能讓我的制服領帶輕輕搖擺，以及在什麼都沒有的半空中胡亂掙扎。

任何打破飯店規則的人，都必須付出相應的代價。奪走他人性命者必須償命，而且行刑者必須使用相同的手法。

這就是阿姆雷特大飯店。

Episode 0

年度犯罪獎典禮殺人事件

別墅外正飄著雪。

比往年早了整整兩週的初雪，掩蓋了車輛行駛的聲音，整座建築籠罩在一片靜謐的氛圍中。

我坐在床緣，持槍對準房門。

拿起放在床頭櫃上的酒杯，灌了一口波本威士忌。喉嚨宛如有一把火在燒，但即使是高濃度的酒精，在性命受威脅的情況下，也無法緩解我內心的恐懼。

驀地，傳來有什麼東西擊中門板的聲響。

我拋下酒杯，拚命扣下扳機。子彈耗盡，我扔開手槍，俯身在床底下摸索，指尖觸碰到一把霰彈槍。

槍管經過截短，近距離作戰時能發揮極強的殺傷力。縱然有了這把槍，面對「殺手厄瑞波斯」仍讓我極度不安。

我小心翼翼地走近，推開千瘡百孔的門。

走廊上空無一人。

橡木地板上沾著血跡，我不禁倒抽了一口氣。恐懼使我的牙齒不由自主地上下打顫，我掏出無線電，試圖聯繫同件。

「糟糕，厄瑞波斯……那傢伙在這屋子裡！」

無線電另一頭沒有任何回應。我感覺天旋地轉，彷彿全身的血液都在這一刻流失。

——這座別墅的前門及後門，我總共安排八名守衛。

剛才我開槍掃射，爲什麼沒有一個人聽到槍聲，過來查看情況？難道……全被厄瑞波斯解決了？

我背叛了道家。

道家是在江湖上叱吒風雲四十年的犯罪首腦。如同偵探界有「安樂椅偵探」，道家就像是犯罪業界的「安樂椅犯罪大師」。他極少親身犯案，只負責在幕後運籌帷幄。他會把擬定的犯罪計畫交給自己雇用的人，或其他犯罪組織負責執行。

道家盡是收集其他犯罪者無法處理的棘手案件。有時是爲了自己，有時是受其他犯罪者委託，道家會設計出各種化不可能爲可能、充滿藝術性的犯罪計畫。

道家是我的恩人，我曾經非常仰慕他。但如今年邁的道家病入膏肓，長期臥床……我以爲這麼一個耄齡老人，肯定到死都不會發現我背叛了他。

可是，畢竟薑是老的辣。

道家輕而易舉地識破，我只得狼狽逃亡。道家絕對不會放過我，我知道他會派厄瑞波斯來取我的性命。

——厄瑞波斯是個神龍見首不見尾的殺手。

專門接「不可能的任務」，卻不曾失敗。厄瑞波斯總是在黑暗中忽然現身，當旁人察覺時，現場只剩下目標對象的屍體。沒人知道厄瑞波斯長什麼模樣，因爲見過他的人沒有一個活著。

面對這樣的對手，我毫無勝算。到了危急時刻，唯一能保護我的只有我自己。我抱著這樣的想法，逃進這座別墅。

這裡是我的避風港，最後的堡壘。

兩週前我下定決心背叛道家，便著手爲最壞的情況預做準備。

首先，我將這座別墅改造成固若金湯的城池。

我增加了守衛人數，感應器與監視器數量也加倍。儲藏室中囤積足夠支撐半年的食物和日用品——當然，這一切都是爲了打持久戰。

道家一隻腳已踏進棺材，估計幾個月內就會死去。

只要那老傢伙不在了，犯罪業界的局勢必然改變，屆時我就能高枕無憂。所以我只要待在這座安全的堡壘，靜靜等待那一天到來——原本我是如此盤算。

沒想到，此刻我會緊咬牙關，盯著走廊上的血跡。

以出現在臥室門口的血跡爲起點，延伸到走廊深處。每一滴血幾乎都是規律排列，連成一線，直到盡頭的廁所。

我舉起霰彈槍，小心翼翼地逼近廁所。

「厄瑞波斯，躲起來也沒用！」

廁所的門是一般家庭常見的外開木門。用這把改造過的霰彈槍，只需一發子彈就能將門轟成碎片，同時解決躲在裡面的人。

——但這血跡顯然是陷阱。

下一秒，我猛然一百八十度轉身，將槍口對準反方向。果然不出所料，我背後出現一道人影。

看到對方的臉，我不禁愣住。

「你是……桐生？道家的祕書……」

站在我面前的是一個身材纖瘦的女人。

待在道家身邊時，她總是穿著筆挺的褲裝，看起來像政府高官。然而今天她卻是一身軍事風格的黑色裝備，彷彿變了一個人。而且不知爲何，那身裝備似乎覆蓋著一層白色塵土。

桐生丟下手槍，舉起雙手，交握在腦後。

「好久不見，佐東……」

見她若無其事地喊出我的名字，我噗哧一笑。

「你在開我玩笑嗎？鼎鼎大名的殺手，眞實身分竟是平常只會端茶倒水的無能祕書？」

「你的玩笑也開得挺大。居然投靠明石，你不覺得這個決定很愚蠢？」

我不禁皺起眉頭。

明石在業界的確名聲狼藉，從來不是值得信任的人。但與道家不同的是，他出手闊綽——足以讓我下定決心背叛病入膏肓的恩人。

桐生看了一眼走廊上的斑斑血跡，嘆了一口氣，說道：

「爲什麼你會知道這血跡是假的？」

「血滴的排列太規律了。廁所的門是外開式，如果你眞的逃進廁所，開門時應當會停下腳步，那麼門口的血量就該比其他地方多才對……」

還沒解釋完，我已毫不猶豫地扣下霰彈槍的扳機。

我從一開始就沒打算把話說完，只是想趁對方放鬆警戒時一槍解決她。

但下一秒，仰天倒下的人是我。

我的胸口出現一個小小的紅點，鮮血緩緩擴散開來。我想尖叫，卻只能從胸腔深處擠出夾帶鮮血的咳嗽聲。

——直到這時，我才意識到自己被槍擊中了。

桐生用一種憐憫的眼神俯視我，右手握著一把手槍。不是剛才丟掉的那把，多半是她在腰間或後頸還藏了另一把。

她低聲說：「你失敗的原因有兩點。」

「失……敗……？」

「第一，你陶醉於自己高明的推理，停止了思考。第二，你從未認眞想過我是如何進入這座建築的。」

大量失血導致意識逐漸模糊，但不知爲何，我的腦袋反倒十分清明。

我從兩週前著手強化別墅的警備，增加監視器和感應器，將這裡打造成固若金湯的堡壘，今天更是部署了八名守衛。

就算厄瑞波斯有通天的本領，也不可能無聲無息地入侵別墅。

——既然如此，只剩下一種可能。

桐生微微一笑，似乎看穿我的想法。

「沒錯，你猜對了。早在你完成警備強化之前，我就已潛入這裡。道家老爺子對背叛者的直覺異常敏銳，從來不曾失準。」

到底是我先背叛了道家，還是道家先決定制裁我？

當我與明石接觸，在內心醞釀背叛意圖的同時，道家竟已確信我會背叛，搶先派出殺手。

桐生繼續道：

「佐東，你是個膽小又多疑的人。只要稍微施以壓力，你就會嚇得躲起來。加上你太害怕遭明石或其他勢力背叛，既不敢投入明石麾下，也不敢尋求其他勢力的庇護。要看透你的行動模式，實在太簡單了。」

到了危急時刻，唯一能保護我的只有我自己——正因抱持這樣的想法，我才會逃進這座自以爲安全的堡壘。

「既然知道獵物會躲進特定的巢穴，任何獵人都會選擇直接埋伏在巢穴裡吧？」

我凝望著桐生，視野逐漸模糊。

她全身沾滿白色塵土，可能是一直藏在別墅的閣樓或通風管裡，整整等了兩個星期。

——明白了這一點，我猛然想通霰彈槍沒有擊發的理由。

剛剛那把手槍能夠正常擊發，因爲是我從外面帶進來的。而這把霰彈槍，是一直放在臥室的武器。

桐生有充足的時間，趁守衛不注意逐一對別墅內的武器動手腳。

爲了殺我，竟在狹小的空間裡躲了整整兩個星期，我從未聽聞如此愚蠢的做法。我實在不明白，到底是什麼思路，才會決定採取這樣的戰術……不過輕易中計的我，顯然比她更愚蠢又窩囊。

桐生將手槍收回槍套，說道：

「八個守衛都只防範外部入侵者，沒料到內部會有敵人，要解決他們非常容易。」

我的視野愈來愈模糊，她在我眼中的輪廓愈來愈朦朧，但我還是努力瞪著她。

「眞可惜，只要再……過幾個月……一切都會改變……」

桐生並未回應，但我明顯感受到她的情緒波動。

我躲進堡壘，心中唯一的期盼，是道家嚥下最後一口氣。

對我而言，道家的死意味著「生存與成功」。然而，對道家的祕書兼殺手桐生來說，或許象徵著「死亡與毀滅」。

我閉上雙眼，遙想著這個女人的落難之日。

＊

佐東在死前揚起嘴角，或許他已看穿了我沒有未來。

嚴格來說，他的想像沒有完全成眞——佐東死後僅僅兩天，我就已站在毀滅的邊緣。

阿姆雷特大飯店別館三樓的宴會廳。

我站在舞台上，被人用槍指著。

拿槍對準我的人姓水田，是飯店的櫃檯人員。

那是貝瑞塔M92F，是我曾經愛用的手槍。他的動作簡潔俐落，沒有浪費一分多餘的能量。身爲殺手的直覺強烈警告我，這個戴眼鏡的櫃檯人員非常危險。

另一個男人站在水田後方，兩人僅相距一步。這個男人姓諸岡，是這座大飯店的老闆。外貌肖似肯德基爺爺的諸岡，輕輕撫摸著鬍鬚，冰冷地說道：

「阿姆雷特大飯店是專爲犯罪者提供服務的特殊場所。入住本飯店時，只有兩項規則需要遵守：

一，不得對飯店造成危害。

二，在飯店內不得傷人或殺人。

桐生小姐……或者應該稱你爲殺手『厄瑞波斯』？你連這麼簡單的兩項規則都沒能遵

守。」

我的視線轉向倒在舞台上的屍體。

剛剛還在施以心肺復甦術的飯店專屬醫師，看起來疲憊不堪。他將地板上滿是血汙的醫療手套塞進塑膠袋，凝視著我的目光中充滿憤怒與譴責之色。

「不是我殺的……我被陷害了。」

唉，這是毫無意義的辯解。

畢竟我的身分是殺手，根本毫無說服力。更何況，這次現場的所有證據都指出「我是唯一可能的凶手」。

諸岡朝水田打了一個不祥的手勢。水田接到指令，露出虛假的微笑。

「我們換地方詳談，請隨我來。」

這是我聽過最拙劣的謊言……

一旦離開宴會廳，我將爲打破飯店規則，及殺害犯罪界重量級人物的罪行，付出慘痛代價——當然，是以死贖罪。

＊

「道家先生過世了……」

收到這消息時，我剛離開佐東的藏匿處，在休息站享用兩週以來第一頓像樣的食物。

來電者是道家的律師，藥師寺。

根據他的說法，道家昨天早上還精神奕奕地玩填字遊戲，但中午過後病情急轉直下。末期癌症引發多重器官衰竭，經過緊急搶救，在一小時前撒手人寰。

我將吃到一半的當地特色漢堡丟進垃圾桶。

我心知這一天遲早會來臨，只是沒想到來得這麼快，這麼突然。

——我最後一次與道家說話，是在半個月前。

當時他將我叫到病榻前，交代兩件任務。

一件是暗殺佐東，另一件則是與殺人無關的任務。道家老爺子竟交給殺手厄瑞波斯「與殺人無關的任務」，那可是破天荒頭一遭。

由於事出突然，我一時不知該作何反應。更重要的是，道家相當吝嗇，過去他命令我殺人，從不曾支付訂金。那天他竟預先付清全部報酬。那是第一次，也是最後一次。

當時他豪爽地笑著說「放心，我還死不了」，但以那老狐狸的敏銳程度，應該已察覺自己的生命之火快要熄滅了吧。

暗殺佐東的任務已完成，我卻失去了報告的對象。

休息站外，已是一片白雪皚皚。

前往佐東藏匿處時，山林間仍有紅葉殘留，夾帶著些許秋日氣息。僅僅過了兩個星期，周遭的世界已換上截然不同的面貌。

北風從山上直撲而下，冷入骨髓。

就在我準備發動車子時，電話再次響起。

「終於死了吧？」

劈頭便聽到這麼一句話，我微感吃驚。但更讓我吃驚的，是來電者的身分。

「你是……桂？」

電話彼端傳來蒼老女性特有的沙啞笑聲。

「畢竟我與道家對峙了幾十年，你對我的戒心也是理所當然。」

桂是日本國內最大竊盜集團的領袖。

據說她年輕時是扒竊高手，如今不再披掛上陣，專精於犯罪策畫。道家也是計畫犯罪的高手，兩人可說是死對頭。

「道家已死，你失去庇護者，應該正感到煩惱吧？跟我談一談，絕對不會吃虧。」

聽起來有點道理。

道家長年來一直是令人畏懼的對象，幾乎沒有人敢挑戰他的權威。在他的庇護下，我才得以常保平安。

一旦他的死訊傳開，局勢將徹底改變，當初被他壓制的勢力必然會傾巢而出。

過去十年間，我作為祕書，參與道家的許多計畫。那些憎恨道家的人，遲早會將矛頭指向我。

——想活下去，我需要新的庇護者。

桂彷彿看穿了我的心思，繼續道：

「後天，阿姆雷特大飯店將舉行年度犯罪獎的頒獎典禮。道家已不在……桐生小姐，你會以代理人的身分出席吧？」

「年度犯罪獎（Crime of the Year）」正如其名，是頒給當年度最優秀犯罪者的榮譽獎項，身為犯罪業界巨頭的道家是評審委員。

我苦笑一聲。

「預定計畫確實是如此。但我僅是一名祕書，應該有很多人認為我沒資格擔任代理人。」

在江湖上打滾，非預期死亡是家常便飯。因此，當評審委員或得獎者死亡時，可由代理人出席。

然而依照業內慣例，代理人也必須擁有一定的成就。

姑且不論殺手「厄瑞波斯」的名氣，表面上我身為道家的祕書，始終只是他的影子，幾乎沒有個人成就可言。若是代理出席的請求遭到拒絕，也是合情合理。但或許是道家生前已料想到自己命在旦夕，據說他強迫主辦單位接受由我代理出席。

「這是一個好機會，我也會以評審委員的身分出席頒獎典禮，我們可以在飯店會場見面談談。我正巧有一件想委託『厄瑞波斯』的暗殺任務。」

聽到這句話，我倒抽了一口氣。約莫是感受到我的情緒波動，桂的話中摻雜幾分無情調侃。

「桐生小姐就是厄瑞波斯的事，稍微動動腦子就能猜到。畢竟每次厄瑞波斯出任務時，你都會以出差或身體不適爲由，從道家的身邊消失。」

「那只是巧合。」

「呵呵，據說消聲匿跡的佐東，是厄瑞波斯下一個暗殺目標。自這個消息傳出到現在，你超過兩個星期未曾回家——我估計佐東應該已被你解決了吧？那麼，我們後天在阿姆雷特大飯店見。」

*

五歲那年，道家收留了我。

我對親生父母的記憶所剩無幾。唯一殘留在腦海的，是兩人若有似無的微笑……但或許就連這個記憶，也只是孤單的孩子爲了塡補寂寞而幻想出來的。

如果說我和道家有什麼相似之處，肯定是孤獨。

不管是在構思犯罪計畫的時候，還是與其他犯罪者交涉的時候，道家總是孤身一人。他幾乎是憑藉自身的頭腦與才能，立足於這個世界。

他沒有家人，甚至不喜歡擁有手下，這一點在犯罪業界也屬於異類。

——爲什麼道家老爺子會養育像我這樣的孩子？

純粹是心血來潮？抑或是遇上我的瞬間，就看出我將成爲一名完全服從於他的殺手？

道家是個難以捉摸的男人。

每年到了我的生日那天，他都會抱著大蛋糕和一堆禮物回來。

我從未告訴他想要什麼，但每次拆開包裝，裡面總是放著我所盼望的東西。心底的祕密彷彿都被看透，年幼的我高興之餘，又感到毛骨悚然。

看著我吃蛋糕時，他的笑容是那麼眞誠，沒有一點心機。

然而，隔天他就能毫不猶豫地將我推向九死一生的險地。有時我以爲自己在他的眼裡，只是一枚隨時可以拋棄的棋子。但當我因爲一點小感冒而臥病在床時，他又會驚惶失措地抱著我奔進兒科診所。

在我以殺手「厄瑞波斯」之名開始活動後，道家偶爾會故意隱瞞眞實目的，向我委託任務。他似乎很喜歡觀察我能否在行動過程中看破他的意圖，而且樂此不疲。由於事先獲得的情報不完整，我不止一次險些丟掉性命。

對我而言，道家老爺子是……

*

「我一直想不透，你爲什麼不早些拋棄道家？」

桂一邊發問，一邊往茶杯內倒入紅茶。

這裡是阿姆雷特大飯店別館的豪華套房——當然不是我的套房，而是桂的套房。服務生送來的紅茶香氣撲鼻，無論是茶葉還是茶具都是頂級的。看著我小心翼翼端著那過度優美的茶杯，桂微笑道：

「放心，我並沒有將『厄瑞波斯』的眞實身分是桐生小姐的事告訴任何人，以後也不打算說出去。」

這一點我倒是不太擔心。

讓我感到不自在的，是我的穿著打扮。

我一身緞面紫色晚禮服，腳下踩著比平常更高的高跟鞋。半長的頭髮梳成整齊又精緻的髮髻。鞋子、髮飾，以及所有的一切……都讓我活動起來非常不便。

相較之下，桂是一襲露背鮮紅色晚禮服，戴著閃耀的藍寶石項鍊，和長及手肘的黑色絲絨手套。一頭亮麗的漆黑長髮，美得令人移不開視線。

她的實際年齡約莫六十五歲，但看起來只有四十歲左右。那穿著晚禮服的高雅身姿，與其說是犯罪者，更像一位貴婦。

——我們如此妝扮，是為了兩小時後的「年度犯罪獎」頒獎典禮。

身為評審委員的代理人，我不得不穿著符合禮儀的服裝。平常不管什麼宴會場合，我一向都穿褲裝出席……

犯罪者還要講究什麼禮儀？沒錯，聽起來有些滑稽。不過，這個圈子對這類規矩和儀式，反而更加重視。

桂凝視著我說：

「『厄瑞波斯』也曾入圍『年度犯罪獎』，名號相當響亮。然而身為祕書，你的存在感幾乎為零。桐生小姐，祕書要換工作可不容易。在陷入這種困境之前，你本來可以早點找到新的『庇護者』。」

——新的「庇護者」？

桂的這番話，喚醒了我見到道家遺體時的記憶。

前天剛回到東京，律師藥師寺就纏上了我。

他守在我租的公寓住處前，害我嚇了一跳。這個行事有些缺乏常識的律師，年約三十五歲，一頭金髮配上西裝，外貌像極了牛郎。

依據道家的遺言，他將我帶到道家生前住過的醫院。

道家留給我的遺物，只有少許金錢，以及塞滿兩個房間的珍藏桌遊——我根本不玩桌遊，實在不知該如何處理那些東西。

至於道家的遺體，看起來比我們最後一次見面時雙頰凹陷得更嚴重。我深刻感受到病魔有多折磨他。據說他這一個月幾乎沒有進食，身體瘦得只剩皮包骨。手臂上有著長期打點滴的痕跡，胸口附近有著靜脈營養液導管插痕，無一不顯得觸目驚心。

我輕輕觸碰道家的胸口，那裡早已沒有鼓動和溫暖，僅僅籠罩著無情的死亡。

當時我沒能哭出來，或許以後也不會流淚。

——一直到最後，我還是不明白，道家老爺子爲什麼會委託厄瑞波斯與「殺人」無關的工作？「如果我有什麼三長兩短，希望厄瑞波斯代替我參加『年度犯罪獎』的頒獎典禮。」……他是這麼說的。爲什麼這工作不是委託身爲祕書的我，而是委託身爲厄瑞波斯的我？

我甩開湧上心頭的記憶，承受著桂的目光，開口道：

「我只是……討厭半途而廢罷了。」

「噢，是嗎？」

桂露出半信半疑的表情。

「道家老爺子很狡猾，把我的性格摸得一清二楚。他早就盤算好了，即使臥病在床，也不斷向我提出委託。」

桂的喉嚨深處響起低沉的笑聲。

「原來如此，他用這種方式把厄瑞波斯緊緊拴在身邊。」

「所以……我錯過了背叛道家老爺子的最佳時機。」

「那麼，不如來我這裡吧。只要你願意接受我的委託，我可以保證你的人身安全。」

桂是日本國內規模最大的竊盜集團領袖。

只要拜入她的麾下，無疑能獲得比過去更穩定的地位。對我來說，這肯定是最好的歸宿。

「桂女士，你想除掉的人是誰？」

「明石。」

這個答案並不令人意外。

當初佐東背叛道家，就是明石暗中教唆——他是一個聲名狼藉的人物。

明石的身分是一名調停者，同時對諸多犯罪組織擁有影響力。然而，過去半年他樹敵無數，與道家以及桂率領的集團不斷交惡。

桂閉上雙眼，戴著黑手套的食指輕敲太陽穴。

「三個月前，我們存放贓物的倉庫遭到襲擊，背後的主使者正是明石。雖然我損失超過十億圓，但那還不是重點。跟其他的損失比起來，金錢實在微不足道。」

桂倏然睜開鳶色（註）眼眸，瞳孔彷彿燃起熊熊怒火。

「那個貪婪的惡鬼，竟然殺光了我的十二名部下，包括手無寸鐵的行政人員，而且使用的是『下毒』這種卑劣至極的手段！」

我不禁皺起眉頭。

在這個爾虞我詐、弱肉強食的世界，雖然犯罪如同家常便飯，但明石的手法愈來愈毒辣，毫無底線可言。

道家這邊雖然沒有人員傷亡，卻也損失不少財物。嚴格來說，沒有人員傷亡是因爲明石的圖謀沒有成功。他曾三次派出殺手暗殺道家，那些殺手都死在我手裡。

——不僅如此，過去的一個月裡，明石的行徑愈來愈瘋狂。他不斷派人攻擊大大小小的犯罪集團，以極其粗暴的手段快速斂財。

桂咬牙切齒地說：

「這樣下去，整個業界恐怕會被搞得雞飛狗跳。」

道家生前也有同樣的擔憂。

我忽然有種錯覺，彷彿死者正在透過桂表達遺志。我一時瞠目結舌，不知該說什麼，桂接著道：

「我也多次雇用殺手暗殺明石，全都失敗了。」

註：日本的傳統色名稱，接近紅棕色。

「那個男人算是另一種意義上的宅男。」

據說半年前，明石將家中一個房間改造成核輻射避難所，過起繭居生活。所有工作一律透過電話下達指令，幾乎足不出戶。

他的住處維安等級堪比白宮，除非使用坦克車，否則想要正面突破，根本是不可能的任務。而且負責照顧他的生活起居的僕從寥寥可數，外部間諜極難混入。

「但明石今天一定會出現在頒獎典禮上，不是嗎？」

我反問，桂點了點頭。

「沒錯，他也是評審委員。」

「年度犯罪獎」的評審委員近五年都是由道家、桂和明石三人共同擔任。這些年來明石從未缺席頒獎典禮，而且只要他還活著，主辦單位就不可能允許他派代理人出席。

我瞥了一眼房裡的時鐘。

「這麼說來，明石應該到了。」

「我剛接到消息，他已進入休息室。如果可以的話，我眞想親手掐死那傢伙。」

看著桂因憤怒與殺意而僵硬的手指，我嘆了口氣。

「桂女士，不是我想潑你冷水，就算我接受委託，也不可能現在動手。畢竟這裡是阿姆雷特大飯店。你應該知道，這裡嚴禁殺人。」

阿姆雷特大飯店是犯罪者的避風港。

尤其是飯店的別館，不具會員資格的犯罪者不僅無法住宿，要踏入一步都相當困難。會員只要支付相應的報酬，在飯店內幾乎沒有買不到的服務。

——所有犯罪者投宿阿姆雷特大飯店，只須遵守兩項規則。

一，不得對飯店造成危害。

二，在飯店內不得傷人或殺人。

明石願意離開他的核輻射避難所，來參加頒獎典禮，也是因爲這裡的特殊規則保障了他的人身安全。

連道家生前都對阿姆雷特大飯店心存忌憚，多次囑咐我「絕對不要在飯店內動手」，而我也無意違反飯店的規則。

聽完我的話，桂竟露出心滿意足的笑容。

「聽你這麼說，我很高興……飯店的規則當然必須嚴格遵守。」

「此外，完成工作需要事前調查和準備，這得耗費一些時日。」

「放心，執行任務的時機交給你全權決定。」

桂的一切特質，都與道家南轅北轍。

道家老爺子愛把「極限是爲了被突破而存在」掛在嘴上，愈是棘手的委託，愈會訂下短到不合理的執行期限。他總是帶著笑容，將我逼入絕境。

「唔，看來桂女士相當通情達理。」

「因爲能殺死明石的人，天底下除了你厄瑞波斯，恐怕找不到第二個。」

「是嗎？你也看得出來，我體格瘦小，在體能上處於劣勢，戰鬥技巧也談不上突出。」

桂微微眯起那雙鳶色眼眸，笑道：

「但你擁有『道家眞傳的洞察力與推理能力』。」

「推理能力？」

「桐生小姐，你擅長觀察目標對象的性格與習慣，推測其下一步的行動。利用目標對象自身的行動引導其走入死地——這就是你的殺人手法，沒錯吧？」

沒錯，這正是道家自小灌輸我的殲敵方針。

將目標對象的弱點轉化爲要害，優點轉化爲弱點。

「呵呵，放眼整個業界，除了你，沒人能夠使用這種殺人方式。」

桂說完這句話，取出約五公分高的塑膠藥瓶，拋了過來。那是一種帶旋蓋的藥瓶，正式的名稱是螺旋蓋藥瓶。

我用右手指尖接住，念出標籤上的文字。

「改良烏頭鹼（aconitine）？」

烏頭鹼是著名的毒物，由烏頭草提煉。古代用來製作狩獵的箭毒，至今仍是毒草的代名詞。

改良烏頭鹼就是烏頭鹼的改良版，毒性與原版不相上下——致死量不到十毫克，沒有解毒劑，極爲可怕。這也是業界常用的毒藥。

桂輕輕點頭。

「剛剛叫客房服務送來的，明石就是用這種毒藥殺害我的手下。」

——打一通電話，服務生就會將槍械、毒藥送到客房，正是阿姆雷特大飯店的特色。

我盯著瓶中的白色粉末，瞇起了眼睛。

「用這玩意暗殺明石？」

「是的。」

在犯罪業界，毒殺的技術研發只能以日新月異來形容。我有個舊識非常擅長僞造，其僞造的成品幾乎是藝術品等級。若能獲得那個人的協助，製作出看似未開封的毒飲，也許能輕鬆地送明石歸西。

然而下一秒，我將毒藥瓶拋了回去。

桂用戴著手套的雙手接住。

「不喜歡嗎？那我再讓人送別種毒藥來。我記得飯店的『本日推薦毒藥』，是與烏頭鹼同屬箭毒的氯化筒箭毒鹼（Tubocurarine chloride）……」

我從沙發上站起來，搖了搖頭。

「我不喜歡在工作中使用毒藥。殺人的手法，請讓我來決定。」

*

兩個半小時後，明石突然吐血倒下。

阿姆雷特大飯店的宴會廳瞬間陷入混亂。

這也是理所當然的事。年度犯罪獎頒獎典禮上，一名評審委員竟痛苦倒地。

明石手中的獸角杯滾落到前方一公尺處，杯中的暗紫紅色液體灑了一地。

我錯愕地站了起來。

——我明明還沒動手。難道是突然生病？或是有其他人下毒？

明石是業界人人喊殺的敗類。就算有其他殺手接到暗殺指令，也不足爲奇。難道是某個殺手膽大妄爲，違反了飯店的規則？還是……

當時與明石一同站在舞台上的，只有三人。

我與評審委員桂站在舞台左側，右側是得獎者「蒙面騙徒烏提斯」。

整個會場上，包含受邀賓客在內，所有人都呆若木雞。第一個行動的人是烏提斯。

正如烏提斯的外號「蒙面騙徒」，他在眾人面前總是戴著鳥喙形狀的古代瘟疫面具，身披灰色斗篷。從不開口說話，而是以滑稽的肢體動作與素描本與人進行交談——某種程度上，他就像業界的「吉祥物」。

「烏提斯」這個名字，源自荷馬史詩中奧德修斯在獨眼巨人島上的自稱，意思是「無人」（Nobody）。至於他的本名、性別和長相，沒有人知道。

今年夏天，烏提斯利用「ＵＦＯ墜落於廢村」的荒唐設定，成功詐騙了一個熱愛超自然現象的大富豪，可說是前所未聞的詐騙手法。

儘管計謀本身荒誕不經，但詐騙手法的新穎性、連外星人生態都精心設計的縝密度，以及詐騙金額超過十億圓的高明手腕，無疑配得上年度犯罪獎。

烏提斯從座椅上站起，橫越舞台，試圖接近口吐鮮血、抽搐不止的明石。就在這時，一道銳利的聲音制止了他。

「請止步！不要觸碰明石先生的身體，我們飯店的專屬醫師馬上就到！」

說話的是櫃檯人員水田。

烏提斯似乎想打手勢回應，但很快就放棄，搖著頭返回舞台右側的座位。

幾乎就在同一時間，水田帶著一名穿晚宴西裝的男子登上舞台。

「拜託了，醫師。」

被喚爲「醫師」的男子掏出一副醫療用的丁腈橡膠手套。

這個人約莫五十歲，頭髮是金色挑染，戴著碩大的黑框眼鏡，渾身散發著瘋狂科學家的氛圍。

「又是急診嗎？今天可眞忙。」

飯店專屬醫師戴上手套，喃喃低語。

我試著回想事發前的情況……頒獎典禮正式開始前，我想透透氣，於是在宴會廳外晃了一圈。當時我在走廊上遇到一名穿飯店制服的女子，在同事的攙扶下朝後門走去。該名女員工臉色蒼白，似乎失血過多，但除了左手指頭上纏著白色繃帶，看起來沒有其他外傷。我猜想大概是突然身體不適，同事正要送她去醫院吧。

飯店醫師只朝臉孔脹紅、全身抽搐的明石看了一眼，立刻意識到事態的嚴重性。

「不妙！馬上通知合作醫院，叫他們派救護車！另外，趕緊通知醫務室送急救包來！」

醫師一邊下達指令，一邊將手伸入明石那滿是鮮血的口中。確認沒有嘔吐物或血塊堵塞呼吸道後，他脫去手套，迅速進行心肺復甦術。

同一時間，飯店老闆拿起麥克風，親自引導賓客撤離。

——宴會廳裡有超過一百五十名賓客。

大家幾乎都穿著晚宴西裝或華麗晚禮服。單看這場面，會以爲這裡正在舉行某種學術類或文學類大獎的頒獎典禮。但事實上，這些人全是赫赫有名的犯罪者。

飯店老闆諸岡顯然相當擅長應付這些牛鬼蛇神，他迅速且有效率地將賓客引導至隔壁的另一間宴會廳。

「到底……發生了什麼事？」

桂低喃著，像是力氣耗盡般癱坐在椅子上。

接著她顫抖著拿起靠放在椅背上的小宴會包，取出手帕摀住了嘴。雖然醫師全力搶救，明石的狀況卻迅速惡化，彷彿在嘲笑醫師的無能。明石間歇性地抽搐，因呼吸困難而面色青紫。

「該死，救護車還沒到嗎？」

醫師絕望的吶喊迴盪在廳內。

不久後，飯店人員從醫務室拿來袋瓣罩甦醒球（Bag-Valve-Mask），那是一種可協助進行人工呼吸的專業醫療設備——但一切爲時已晚。

明石已回天乏術。

在明石出現異狀之前，頒獎典禮進行得十分順利。

典禮的尾聲，是每年都會舉行的「例行儀式」。

名義上是儀式，實際上並沒有隆重到可以冠上「儀式」之名。只是由評審委員與得獎者輪流喝下刻有獅子浮雕的獸角杯中的酒，祈願犯罪業界更加繁榮昌盛，最後由得獎者將空杯帶回家而已。

那獸角杯是年度犯罪獎的一項獎品，以純金製成，杯底有長著華麗翅膀的獅子浮雕。

——輪流飲酒的儀式，從評審委員中座位在最左側的桂開始。

她接過獸角杯，雙手捧著，飲下一口山葡萄酒。接著一如往常，像貴婦般用純白手帕擦拭接觸過嘴唇的杯口。身爲資深評審委員，她對這套流程早已駕輕就熟。

桂說了一段祝賀詞後，將獅雕獸角杯遞給我。

純金製的獸角杯相當沉重，不過對於我這種爲了殺戮而持續鍛鍊的人來說，這不算什麼。山葡萄酒的味道野性十足，濃烈程度是預期的三倍。酸味與苦味都遠比一般葡萄酒強烈，帶著一種纏繞舌尖的鋒銳感。

我說了一段道家留下的祝賀詞後，將獅雕獸角杯遞給明石。

明石是個約莫五十五歲的中年男人。

他的雙眼細長，從嘴角到下顎覆蓋著鋼絲般粗硬的鬍鬚。或許是最近過著蘭居生活，許久未見陽光，他的臉蒼白到有如吸血鬼。

明石喝下山葡萄酒，說起冗長的祝賀詞……還沒說完，嘴裡驟然噴出血沫。他將獸角杯往前拋出後，便癱倒在地。

我只能目瞪口呆地看著在地上抽搐的明石。

——不久後，飯店醫師宣告明石死亡。

我曾見證無數次死亡，即使不靠近，也能確定醫師的判斷沒錯。我看得出來，明石的呼吸與心跳完全停止了。

我回到座位坐下，感覺像在做惡夢。

椅子上的宴會包頂著我的背，傳來一陣刺痛。那尖銳的疼痛提醒著我，這並非夢境。宴會廳一片死寂。

賓客已疏散完畢，留在現場的只有六個人，分別爲桂、我、烏提斯，以及飯店醫師、水田和老闆諸岡。稍早前還在附近來來去去的其他飯店工作人員，也全都消失得無影無蹤。

戴著瘟疫面具的烏提斯揮舞雙臂，舉起他的素描本。

上頭寫著一行圓體字：

「死因是什麼？」

飯店醫師瞥了一眼素描本，戴上新的丁腈橡膠手套，開始檢查屍體的眼睛和口腔。

「舌頭前端到深處附著紫色色素，應該是山葡萄中的多酚造成的，而非毒素的影響吧。」

他將明石的嘴大大地拉開，讓眾人看清楚滿是鮮血的舌頭。果然如他所言，舌頭染成了紫色。

水田看了看我，接著又看了看桂，開口道：

「從舌頭的顏色來看，明石先生確實喝了山葡萄酒。桂女士、桐生小姐，兩位是否也能讓我們檢查一下口腔？」

按照他的要求，我與桂伸出舌頭。

雖然我看不到自己的舌頭，但桂的舌頭確實呈紫色。我也喝了山葡萄酒，舌頭應該同樣沾染了紫色色素。

飯店醫師微微點頭，繼續道：

「嗯，桂女士和桐生小姐確實都喝了山葡萄酒。另外，明石先生的舌頭上有明顯的傷痕。」

正如他所言，明石的舌頭上有牙齒的咬痕，並且有出血的跡象。諸岡一看，瞪大眼睛說：

「那麼，明石先生剛剛的吐血症狀，其實是……？」

「很可能是舌頭受傷出血，多半是明石先生在抽搐時咬到自己的舌頭。如此看來，明石先生的主要症狀應該是抽搐，以及隨後出現的呼吸困難。」

飯店醫師伸手在空中不斷比劃，彷彿撥打著看不見的算盤。

「很可能是改良烏頭鹼中毒，必須驗血才能確認。」

明石曾用這種毒藥殺害桂的手下，桂要求我用同樣的毒藥殺死明石。雖說是業界常用的毒藥，但明石最終死於改良烏頭鹼中毒，未嘗不是一種因果報應。

水田一臉苦澀地低喃：

「又死了一個……」

在阿姆雷特大飯店內發生的凶案，不會驚動警察。

依照規矩，業界內發生的案件，只能在業界內解決，而且相關的痕跡都會被悄悄處理掉。

接下來，飯店方面多半會主導毒殺案件的調查工作。等到調查結束，明石的屍體、相關的證據及線索將被飯店人員以超高溫焚毀，徹底從世上消失——案件的所有痕跡會被完全抹除，什麼都不會留下。

諸岡壓抑著怒氣，咕噥著：

「絕不允許有人在我的飯店裡殺人。觸犯這最大禁忌的人，必須盡快揪出來……」

烏提斯再次揮舞素描本，上面又寫著一行圓體字：

「到底是在哪裡下毒？」

雖然他的動作古怪又滑稽，提出的問題卻一針見血。

水田冷靜地回答：

「頒獎典禮開始前，明石先生可能已接觸到含有毒藥的食物，不過從時間點來看，還是剛剛喝下的山葡萄酒最可疑。」

諸岡微微點頭附和：

「應該是吧。用來乾杯的黑啤酒，原本是未開封狀態。」

聽到這句話，我不禁轉頭望向擺放乾杯用飲料的桌子。

桌上有兩杯香檳及一瓶黑啤酒。前者是我與桂的，後者是明石的。

——黑啤酒？

我驀地察覺事有蹊蹺。

飯店人員爲乾杯儀式準備了四種飲料，分別爲香檳、紅酒、生啤酒和烏龍茶，賓客可從中選擇自己喜歡的飲料。

然而，提供給明石的飲料並不在這些選項內。

回想起來，去年和前年乾杯時，明石似乎也是唯一手持瓶裝飲料的人。由此可見，黑啤酒是應他本人要求，飯店特別準備的專用飲料。

那瓶黑啤酒是知名品牌，我在阿姆雷特大飯店的酒吧喝過。坦白講，並不合我的口味，我實在不認為它的味道值得讓人如此執著。

此時，飯店醫師慢條斯理地說：

「總之，做個簡單的毒性測試吧？」

眾目睽睽下，醫師吩咐水田將原本擺放在宴會廳角落的金魚缸搬上舞台。那金魚缸只有掌心大小，當中有三條青鱂。

那金魚缸乍看只是裝飾用，但我注意到旁邊有個鳥籠，關著金絲雀，頓時恍然大悟。這些小動物顯然不單純是觀賞用，而是類似一種毒氣偵測裝置。

獸角杯掉落在屍體前方約一公尺處，杯中的葡萄酒灑落在更前方，沒有一滴沾在屍體上。

水田正要拿起獸角杯，飯店醫師提醒道：

「尚未確認毒藥種類，安全起見，不要直接碰觸酒液。」

於是水田小心翼翼地撿起那獅雕獸角杯，將杯中剩餘的葡萄酒滴入金魚缸。

——小魚瞬間全滅，浮上水面。

飯店醫師看了一眼，點點頭。

「嗯，果然是在山葡萄酒中下毒。」

我感到一陣寒意從胃部蔓延開來。

這不合理。輪到我飲用時，那杯葡萄酒明明是無毒的。我現在還好端端地活著，就是最有力的證據。

我確定將酒杯交給明石時，葡萄酒是無毒的狀態。

接下來直到明石飲下葡萄酒爲止，不管是我，還是跟我一起站在舞台上的桂與烏提斯，都沒有機會再接觸那只獅雕獸角杯。

這意味著……

回過神來，水田已站在我的身旁。

「眞相已水落石出，能在獅雕獸角杯中投毒的人，只有前一刻拿著杯子的桐生小姐。」

水田的口吻依然十分客氣，卻拿著一把貝瑞塔M92F手槍，不動聲色地對準我的胸口。

我一時傻住了，吞吞吐吐地說：

「不，不是我……」

「如果不是你，請問這又是怎麼回事？」

傳來一道冰冷的聲音，我不由自主地轉頭望去。只見諸岡站在我的座位後方，戴著白色手套的手，正伸向放在椅子上的宴會包。

我只能茫然地看著這一切。

阿姆雷特大飯店只有兩項任何人都必須嚴格遵守的規則。在不違反這兩項規則的前提下，飯店方面會竭盡全力保護犯罪者的隱私。因此，正常情況下，飯店人員絕對不可能私自檢查客人的隨身物品。

飯店人員採取如此強硬的行動，說明了一件事：他們不再當我是客人，而是毒殺明石的凶手。

——冷靜點，我完全沒必要緊張。

我的宴會包裡只有化妝包、智慧型手機及少許隨身用品。勉強算是危險物品的，大概是一把藏在底層的自衛用小刀。

我並非刻意減少隨身物品。

宴會包的空間有限，能放的東西太少——這可說是所有女性的共通煩惱。

我十分確定，宴會包裡沒有會讓諸岡起疑的東西。

沒想到，諸岡的手直接越過我的宴會包上方，並未停留。

我感到一頭霧水，只見他的手伸進宴會包與椅背之間，取出一個約五公分高的螺旋蓋藥瓶。

——改良烏頭鹼。

看到那個藥瓶的瞬間，我明白自己遭到陷害。

兩個半小時前，桂將那藥瓶朝我拋來，我馬上還給她，但在這最糟糕的時間點，藥瓶又出現在我的座位上。

我竭力回想這段時間發生的一切。

——頒獎典禮彩排結束後的休息時間，我帶著宴會包在廳外繞了一圈。當我回來時，椅子上還沒有那個瓶子。

之後，我將宴會包放在椅子後方，以身體及椅背夾住。身為殺手，我對周圍的氣息非常敏銳，我不認為有人能在我坐著的時候，將藥瓶藏入椅中。

較有可能的時間點，是在典禮正式開始前，我在頒獎舞台角落與工作人員聊天時，以及明石突然倒下，我錯愕地站起來時吧？

這兩個時間點，桂都坐在我旁邊的座位上。

聽說她年輕時是一流的扒手。只要利用明石倒下時的混亂場面，她確實可以神不知鬼不覺地將瓶子塞進我的宴會包與椅背之間。

總歸一句話，我被算計了。

飯店醫師接過藥瓶，喃喃說道：

「果然是改良烏頭鹼。這毒藥保有烏頭鹼的毒性，沒有解毒劑。經過改良後，更容易融解於水和酒精。」

水田凝望著藥瓶，神色也變得凝重。

「而且這是本飯店客房服務提供的常備品。」

——恐怕桂就是在等人說出這句話。她露出「時機成熟」的表情，開口：

「沒錯，我利用客房服務取得這瓶藥後，交給了桐生小姐。」

諸岡困惑地摸了摸那肖似肯德基爺爺的鬍鬚。

「嗯？桂女士爲什麼要將毒藥交給她？她可不是你的手下。」

桂湊到諸岡的耳畔，像要說悄悄話，音量卻控制得恰到好處，讓在場所有人都聽得見。

「因爲我委託桐生小姐一項任務……不，應該說是委託殺手『厄瑞波斯』。」

聽到這驚人之語，在場所有人都倒抽了一口氣。連平常絕不開口說話的烏提斯，都發出細微的驚呼。

——我不是厄瑞波斯！

或許我應該當場否認。

但在目前的局面下，胡亂撒謊搞不好會讓我的處境變得更糟，於是我選擇沉默。桂很可能握有足以證明我是厄瑞波斯的確鑿證據。如果她拿出證據，否認只會讓諸岡等人更不信任我。

桂指著我，繼續道：

「爲了暗殺明石，我確實委託了厄瑞波斯。但這個女人背叛我！她明明承諾過，不會在阿姆雷特大飯店內執行任務，我萬萬沒想到她會在頒獎典禮上殺害明石！」

——這個說謊不打草稿的女人！

我心中的憤怒漸漸被無奈取代。我只能緊盯著桂，堅定地說：

「我承認接受了暗殺明石的委託，但下毒的人不是我。更何況，那裝有改良烏頭鹼的藥瓶，我已還給你。」

桂瞇起鳶色雙眼，說道：

「滿口謊言。」

「說謊的是你。將那瓶毒藥交給我的時候，你戴著黑手套，卻讓我空手觸摸。你的目的不就是要在藥瓶上留下我的指紋？」

「別想再找藉口脫罪了。」

「你親手毒殺明石，卻利用沾上我的指紋的藥瓶，試圖讓我頂罪！」

失去道家的庇護，我處於孤立無援的狀態。就算讓我揹黑鍋，也不會引起任何派系勢力的不滿。對於桂來說，我確實是一枚最佳的棄子。

桂哼笑一聲，臉上滿是輕蔑之色。

「我毒殺明石？好啊，你倒是說說，我是怎麼辦到的？」

我一時語塞，桂旋即哈哈大笑，接著道：

「從使用獅雕獸角杯飲酒的順序來看，唯一能下毒的人就是你。只要無法推翻這個前提，你說再多都沒用。」

——沒錯，這次的案件與以往的暗殺任務完全不同。如果無法揭開明石死亡的眞相，我只有死路一條。

諸岡凝視我和桂，像是在權衡著什麼。情勢對我極爲不利，但諸岡似乎還在猶豫，並未完全相信桂的說詞。我必須利用他這短暫的遲疑，找到對自己有利的點……

此時，烏提斯突然舉起素描本。

「槍下留人！」

素描本上寫著這麼幾個字。接著烏提斯拿出簽字筆，繼續在素描本上寫字，但才寫了幾個字，他就將素描本丟到地上。

「唉，老子不玩了！這玩意眞麻煩！」

在眾人的注視下，烏提斯摘下瘟疫面具。看到那滿頭金髮，有如牛郎般的臉孔，一時訝異到連呼吸都忘了。

我和桂幾乎同時驚呼：

「律師藥師寺？」

沒錯，這人正是道家的律師，之前帶著道家的遺言，在公寓前等我的那個男人。

此時諸岡和飯店醫師嘴裡嘀咕的一句話，更是讓我的腦袋亂成一團。

「咦，你不是毒島醫院的毒島醫師嗎？」

同時被兩組人喊出兩個完全不同的身分，烏提斯露出一絲苦笑。他脫下粗厚的灰色斗篷，露出一身筆挺的晚宴西裝。

「我雖然是個騙徒，但我的律師和醫師執照可都是眞的。騙徒有好幾個名字和職業，不是理所當然的事嗎？何況是像我這麼優秀的高手。」

烏提斯似乎察覺場面變得有些尷尬，輕咳一聲後，說道：

「藥師寺、毒島、烏提斯，隨便你們叫吧。總之，我想說的是，此刻斷定桐生是毒殺犯，恐怕言之過早。」

「藥師寺，我倒想聽聽你的理由。」

桂說道。看來，她已決定稱他爲律師藥師寺。

既是藥師寺又是毒島又是烏提斯的男人，再度開口：

「桐生從桂女士手中接過獅雕獸角杯，到將它交給明石爲止，我始終沒看到桐生手裡藏有任何東西。她要怎麼將毒藥摻入葡萄酒中？」

桂輕輕聳了聳肩，說道：

「這一點也不難，只要將裝有毒藥的膠囊藏在晚宴包中，接過獸角杯之前偷偷拿出來就行了。」

如何神不知鬼不覺地下毒殺人，向來是犯罪業界最熱門的研究領域之一。

專門設計過的毒藥膠囊以手指輕觸並不會融解，卻會在投入水或酒精中後迅速融化。

聽了桂的這套說詞，烏提斯臉上毫無驚訝之色，只是輕描淡寫地點頭，說道：

「確實有可能。桐生把獸角杯交給明石之前，將一顆小小的膠囊投進酒裡，多半不會有人發現。」

我目不轉睛地瞪著烏提斯，腦中突然閃過一個念頭。今年的「年度犯罪獎」，烏提斯能夠獲獎，據說是桂以評審委員的身分全力推薦。這是否意味著，桂與烏提斯是一丘之貉？

——烏提斯成爲道家的律師，會不會也是桂暗中指使？如今他假意提出質疑，會不會其實是想鞏固我的嫌疑，一步步引導局勢，朝對桂有利的方向發展？

諸岡或許是受到影響，似乎心意已決，向水田使了個眼色。

下一秒，我感覺到冰冷的物體抵住後背。

轉頭一看，水田將貝瑞塔M92F的槍口對著我。身爲殺手的直覺強烈地警告我，這個戴眼鏡的櫃檯人員非常危險。

諸岡的冷酷話聲迴盪在廳內。

「阿姆雷特大飯店是專爲犯罪者提供服務的特殊場所。入住本飯店時，只有兩項規則需要遵守……」

在他說話的這段時間，我一直低頭看著地上的屍體。

一旁的飯店醫師正將地上的丁睛橡膠手套塞進塑膠袋，同時以譴責的目光盯著我。

「不是我殺的，我被陷害了。」

唉，毫無意義的辯解。

一如我的預期，諸岡伸出手指，在頸子附近輕輕一劃。水田見了那不祥的手勢，對我露出虛假的微笑。

「我們換地方詳談，請隨我來。」

這是我聽過最拙劣的謊言，他們顯然已決定讓我爲明石的死償命。

水田以槍口在我的背上輕戳，示意我邁步前進。被帶離宴會廳之前，我必須想辦法扭轉局勢——否則在前方等著我的，將會是死路一條。

＊

下一秒，我噗哧一笑。

「原來……是這麼回事。」

或許是我的笑聲讓水田遲疑了，他後退半步。槍口抵在背上的感覺消失，我終於能夠稍微喘一口氣。

我轉頭朝諸岡說道：

「總之，我只須證明除了我以外，其他人也有機會毒殺明石吧？」

水田似乎再度舉起槍，諸岡向他比了個「退下」的手勢。

——看來，我成功爭取到一些時間。

桂依然是一副勝券在握的表情，開口道：

「僅僅證明『有機會』是不夠的，如果你認爲是我下的毒，就得徹底證明這一點才行。」

我對著她苦笑。

「請原諒我剛剛的不實指控。桂女士，你並不是毒殺明石的凶手。」

桂聽了我這句話，反而微感吃驚，臉上流露警戒之色。

「怎麼突然改口了？」

「老實說，直到剛才我都以爲你若不是親自下毒，就是指使某個手下，讓明石喝下毒藥，還想嫁禍給我。但仔細想想，你的行動和毒殺明石的凶手之間，有著不小的矛盾。」

「矛盾？」

「接下來，我先假設『在椅子上放藥瓶的人是桂女士』，若有冒犯之處，還望海涵。」

桂聽了既沒有反駁，也沒有抗議。趁她尙未改變心意，我趕緊說道：

「在頒獎典禮彩排後的休息時間，我曾離開宴會廳，到外頭透氣。回到會場時，椅子上還沒有那個藥瓶。之後凶手只有兩個機會可以放藥瓶，一是典禮正式開始前，我與工作人員在舞台旁聊天時；二是明石突然倒地，我驚訝得站起來時。」

桂抿著雙唇，臉色相當難看。

「原來如此，因爲我坐在你旁邊，你認爲我可以利用典禮開始前的嘈雜，或者明石倒下時的混亂情況，把那個藥瓶放在你的椅背與宴會包之間？」

烏提斯不以爲然地說道：

「無論是在典禮前還是混亂中，任何人想在頒獎舞台上做出可疑舉動，都得背負遭到目擊的風險。老實說，我不認爲凶手會甘願冒這麼大的風險，只爲了將藥瓶放在桐生的椅子上。」

諸岡點頭附和：

「毒島先生說得有理，何況下毒時用的是膠囊，凶手根本沒必要帶著藥瓶來到會場。」

「再者，光是從獸角杯傳遞的順序，就能得出『除了桐生外，沒人有機會毒殺明石』這個結論吧？放藥瓶根本是多此一舉！」

烏提斯的主張十分有說服力。

身爲犯罪組織領袖，桂實在不太可能爲此親自冒險。

我轉頭看向桂，慢條斯理地說：

「明石倒下時，其實你並不知道什麼東西被下毒，對吧？是山葡萄酒裡有毒，還是更早之前的食物？正因無法釐清這一點，你才沒意識到，嫌疑已集中在我一人身上。」

桂緊閉雙唇，不發一語。旁邊的諸岡開口：

「這麼說來，桂女士與這次的毒殺案件完全無關，是嗎？」

我望向桂那個精緻小巧的宴會包，點了點頭。

「沒錯，正因她沒有行凶意圖，才會不小心把藥瓶放進宴會包，帶到會場。當她親眼目睹明石吐血倒下時，便誤以爲是我違反阿姆雷特大飯店的規則，毒殺了明石。」

桂的眼中首次浮現強烈的困惑，她低聲問：

「這件事眞的不是你幹的？」

我苦笑著點頭。

「當然不是。但桂女士認定我背叛了她，氣憤不已。所以趁我的目光被痛苦掙扎的明石吸引時，她把藥瓶偷偷放到我的椅子上。」

「抱歉，我不太明白，桂女士爲什麼要這麼做？」

提出這個疑問的是水田。

「顯然是爲了在指控我是凶手時，有確切的證據可用。抑或是擔心飯店人員針對涉案者進行身體檢查時，自己的宴會包裡的藥瓶會被發現……把藥瓶推給我，就能避免自己遭到懷疑，可說是一石二鳥。」

我目不轉睛地注視著桂。

如果她當場承認自己將藥瓶放到我的椅子上，我的嫌疑就會小得多。然而桂只是低頭看著地板，沒有開口。

眞可惜，看來這部分只好暫且放棄，我繼續解釋：

「既然確定桂女士與這次的毒殺案件無關，下一個問題就是『到底是誰毒殺明石』。」

我走向金魚缸旁的獅雕獸角杯，接著說：

「事情發生的當下，這個獸角杯掉落在屍體前方約一公尺處，而山葡萄酒的酒液則飛濺得更遠。」

烏提斯一副難以理解的表情，說道：

「那又怎樣？桐生，你應該也看到了。明石倒下前，將獸角杯甩了出去。」

「這個獸角杯是年度犯罪獎的獎品，以純金製成，杯底刻有長著翅膀的獅子浮雕。」

烏提斯聽到這裡，臉上閃過一絲驚懼。

「這麼說來，這東西的實際重量，比外表看起來沉重許多。」

「要將這樣的東西拋出一公尺遠，必須用上相當大的力氣。也就是說，明石倒下時，是刻意將獸角杯遠遠拋開。」

一直雙臂交抱的諸岡，問道：

「他爲什麼要這麼做？」

我指著地板上殘留的葡萄酒和明石的屍體，說道：

「如同各位所見，獸角杯被拋了出去，明石的身體上沒有沾到一滴酒。可見他是刻意避免葡萄酒沾在自己身上。」

這次換水田插嘴：

「明石先生斷氣前感到身體不適，應該已察覺酒裡有毒。他試圖讓毒酒遠離自己，有什麼不對？畢竟有些毒藥的毒性太強，光是皮膚接觸都很危險。」

我還沒開口解釋，諸岡先搖了搖頭。

「不，這樣的解釋行不通。如果明石先生確實察覺自己喝下毒酒，應該會立刻告知周圍的人，並要求叫醫生或救護車才對吧？」

我輕輕一笑，接著說：

「沒錯，如果他真的喝了毒酒，第一個反應一定是求助，而不是擔心獸角杯裡剩下的酒會不會沾在身上。」

桂的臉上完全失去血色，低聲咕噥：

「這意思是……難道……」

「沒錯，明石摔倒前，很清楚自己沒有喝下毒酒，所以沒有向任何人求助。另一方面，他也知道杯裡的酒有毒，於是極力避免讓毒酒沾到自己的身體。」

我的話剛說完，諸岡捧著腦袋，一臉納悶地說：

「但明石先生的舌頭變成紫色，這證明他確實喝了毒酒。」

「這兩個現象並不衝突，老闆。」

說這句話的是水田。他放下手槍，扣上保險卡榫，同時說明：

「明石先生先喝了一口山葡萄酒，才親手將裝有毒藥的膠囊丟進獅雕獸角杯——如果是這樣，所有疑點都說得通。」

我點了點頭。終於脫離槍口的威脅，我暗自鬆了口氣。

「換句話說，明石喝下酒的時候，獸角杯裡還沒有毒藥。他吐血、倒地及抽搐，全是演出來的。」

桂勉強出聲問：

「那他舌頭上的傷痕……」

「沒錯，那不是因爲抽搐誤傷自己，而是故意咬破舌頭，僞裝成中毒吐血。」

諸岡急忙奔向倒在地板上的明石，以手指觸摸頭部動脈。接著，他一臉狐疑地抬頭望向我。

「不對，這不是演戲，明石先生眞的死了。」

看著諸岡那深信不疑的神情，我忍不住笑了出來。

「這起案件的眞相其實很單純。明石雇用某個共犯，一起演出這齣毒殺戲碼，卻遭到背叛，眞的被毒殺——就是這麼簡單。」

我一說完，所有人的目光聚集在同一人身上。

既然已證明死者原本是故意裝死，在場只有一個人有能力擔任共犯。

我凝視著飯店醫師，說道：

「醫生，你就是明石的共犯，也是背叛又奪走他性命的毒殺犯，對吧？」

*

「怎、怎麼可能！我怎麼可能下毒害死明石先生！」

飯店醫師氣得直跳腳，我聳了聳肩，說道：

「首先，你教導明石如何演出中毒時的痛苦症狀。你建議他咬破舌頭，假裝吐血。而且你很可能告訴他，這一切都是為了讓他看起來像是死於某種非改良烏頭鹼的毒藥。」

「胡說八道！」

醫師惱羞成怒，我毫不理會，繼續慢條斯理地分析：

「按照你的指導，明石咬破舌頭後倒在地上。你戴上醫療用的丁腈橡膠手套，檢查他的口腔。」

此時，我清楚聽見諸岡倒抽一口氣。

「難道……」

「沒錯，那副手套的指尖塗滿了改良烏頭鹼。你假意檢查明石的口腔是否被嘔吐物或血塊堵塞，其實是用手指觸摸他舌頭上的傷口。」

「不可能！我怎麼可能做那種事！我可是醫生！」

——混犯罪業界的醫生，並不是普通的醫生。

我淡淡一笑，繼續道：

「據說在古代，烏頭常用來製作成箭毒。改良烏頭鹼繼承了烏頭的毒性，假如把這種毒藥大量塗抹在傷口上，會造成什麼結果？」

烏提斯環抱雙臂，回答：

「改良烏頭鹼從傷口直接進入血液，毒性會迅速隨著血液擴散，應該比口服的速度要快得多。只要劑量夠高，明石先生會在極短時間內失去行動能力，並在幾分鐘內死亡。」

烏提斯答得頭頭是道，我有些意外。

他曾說「我雖然是個騙徒，但律師和醫師執照都是眞的」。看來，儘管他是個騙徒，這句話並沒有騙人。

飯店醫師像鬧脾氣的孩子一樣，拚命搖頭，話聲顫抖。

「你、你們沒……沒有證據！」

他幾乎陷入恐慌狀態，說話有些顚三倒四。這個人顯然沒有當殺手的資質。

唯有一點可以確定，那就是此刻他驚恐不已，絕非出於罪惡感。因爲在罪行暴露之前，他一直表現得很冷靜，完全是一副局外人的態度。

我輕輕嘆了口氣。

——缺乏罪惡感，絕對不是身爲殺手的必要條件。

殺手的必要條件，是全力思考當下應該做什麼的專注，以及對於未來絕不抱持任何期待的牽性。因爲若期待的事情沒有發生，心中便會產生失落感。置身險境時，失望與後悔這類情緒上的波動很可能會害自己丟掉性命。

這些全是道家老爺子教給我的道理，不過我沒把握能夠百分之百實踐。

我冷冷地俯視飯店醫師，接著說：

「醫生，我還記得你急救完，立刻摘下手套。過了一會，你將手套放入塑膠袋，對吧？幸好那個塑膠袋還在宴會廳內，只要檢驗手套，應該會驗出大量的改良烏頭鹼。」

突然間，飯店醫師撿起那個塑膠袋。

接著他轉身衝向宴會廳的門口。雖然他沒有認罪，但此一行動等同坦承了自己的罪行。

果然，這個人根本不適合當殺手。

飯店醫師才剛踉踉蹌蹌地跑到門口，我聽到水田對著無線電耳機下達指令：

「緊急聯絡，阻止……逃出別館，死活不拘。」

我沒聽清楚醫師的名字，只知道姓氏似乎是「ＮＡ」開頭，不過我並不打算詢問。

畢竟，我不會再有機會見到他。

確認醫師的身影消失在門外後，我移動視線，發現諸岡目不轉睛地看著我。

「我還是不太明白，明石先生到底在打什麼鬼主意？」

我還沒回答，烏提斯已搶先開口：

「那還用說嗎？阿姆雷特大飯店是個相當特殊的地方，在這裡發生了凶殺案，飯店方面也只會進行草率的內部調查。」

即使遭諸岡和水田怒目相視，烏提斯依舊泰然自若，繼續道：

「你們氣歸氣，但這是事實吧？飯店裡沒有任何調查蒐證專家，內部調查一結束，屍體和相關證據就會以高溫焚燒的方式處理掉。如今有犯罪者想利用這種漏洞，可說是一點也不奇怪。」

由於他說的是實話，諸岡只能無奈地點頭同意。

「我明白，飯店的制度確實不完善。」

我帶著苦笑說道：

「其中最大的問題，是飯店醫師握有太大的權力。飯店醫師負責確認受害者死亡、飯店醫師負責判定死因……我看負責燒掉屍體的，恐怕也是飯店醫師吧？」

諸岡點點頭，不再掩飾心中的懊惱。

「桐生說得很對。明石可能正是看中阿姆雷特大飯店的漏洞，才用金錢買通飯店醫師。」

道家老爺子的缺點很多，其中一個是吝嗇。佐東企圖背叛他投靠明石，八成也是因爲這點。

相較之下，爲了達成目的，明石出手非常闊綽大方。

我長嘆一聲，說明道：

「明石買通飯店醫師，在飯店內安排了一場自導自演的毒殺案件。他選擇在年度犯罪獎頒獎典禮上幹這件事，是想盡可能宣傳自己的『死亡』。」

桂俯視明石的屍體，彷彿看著一條蟲子。

「眞是個卑鄙的男人！只要買通飯店醫師，要僞裝成被毒殺，並不是什麼難事。」

我再度苦笑道：

「順帶一提，明石安排這齣毒殺戲碼，從一開始就是要讓我一個人揹黑鍋。他大概認爲，失去道家庇護的我，是理想的代罪羔羊。」

當然，也有可能是因爲明石查出我就是「厄瑞玻斯」。

爲了保護道家老爺子，我前前後後至少解決三名明石派來的殺手。明石會巴不得殺我雪恨，也在情理之中。身爲殺手，我早已習慣這種事。

桂在舞台上焦躁地來回踱步，似乎隨時會一腳踢向明石的屍體。

「明石原本的計畫，應該是假裝中毒後奄奄一息，被抬到醫務室，由飯店醫師對外宣告死亡。接著他趁機逃出飯店，留下另一具魚目混珠的屍體。就算露出什麼馬腳，飯店的內部調查也會被醫師干擾，永遠無法查出眞相。」

烏提斯聳了聳肩，說道：

「明石本人大概會潛逃出海，換個身分過起不同的人生。」

明石爲何要僞裝死亡？

從頭到尾沒人提出這個疑問，因爲在場所有人都猜得到答案。

——像明石這樣遭無數犯罪者怨恨的人，世上恐怕找不出第二個。

以桂爲例，明石奪走她超過十億圓的財物，十二名手下慘遭殺害。就連道家老爺子，也未能完全避免財物損失。此次頒獎典禮的參加者中，對明石懷抱殺意的人肯定不在少數。

明石成了過街老鼠，只能躲進自家核輻射逃難所，勉強保住性命。但他心裡很清楚，這種生活不可能長久。

我嘆了口氣，接著說：

「過去這一個月，明石不分青紅皀白地恣意攻擊各大犯罪組織，顯然是想在潛逃海外之前大撈一筆。」

諸岡凝視著明石的屍體，眼中流露的已不是憤怒，而是憐憫。

「絕不允許有人利用我的飯店執行詐死計畫。幸好明石的計畫遭內鬼破壞，是嗎？」

「沒錯，飯店醫師被過度的欲望沖昏了頭。他不滿足於明石答應支付的一丁點報酬，竟試圖將明石準備帶往海外的巨額資金全部占爲己有。」

或許，飯店醫師在受到明石收買之前，對自己的生活現況還算滿意。

但當他得知有數十億圓，甚至可能超過百億圓的金錢，就在觸手可及之處時，那種誘惑實在令人難以抗拒。世人容易因欲望而迷失自我，更何況是犯罪者。能夠戰勝誘惑的犯罪者，可說是少之又少。

「既然眞相大白，我該告辭了。」

我轉頭一看，只見桂拿起她的宴會包，準備走下舞台。

我連忙叫住她：

「請留步，還有一件事，你依然沒有說明清楚。我椅子上的改良烏頭鹼藥瓶……是你放的吧？」

桂雙手抱胸，說道：

「哎喲，好可怕。你該不會是想讓我承認，再找機會向我報復吧？」

我用力搖了搖頭。

「我絕對不會報復。一來我知道桂女士那麼做的動機出於一場誤會，二來我確信你和這次的毒殺案件無關……我只是想確認，自己的推理是否正確。」

「呵呵，眞像警察或偵探會說的話。」

我不禁脹紅了臉。桂似乎覺得我的反應有趣，接著說：

「沒錯，藥瓶是我放的。」

——她終於承認了。我滿意地微笑。

「我要的就是你這句話。」

桂的眼角微微抽搐。

「什麼意思？」

我指向她手中的宴會包。

「你的包包那麼小，能放的東西相當少。既然空間有限，所有帶到頒獎典禮上的物品，必定經過精挑細選。既然如此，藥瓶怎麼會在宴會包裡？」

聽我這麼說，烏提斯瞪大眼睛附和：

「沒錯，帶藥瓶到會場，不太可能是偶然。難不成……？」

我用力點了點頭。

「沒錯，撇開明石和飯店醫師的計畫不談，桂女士，其實你原本也打算在頒獎典禮上毒殺明石吧？你帶著那個沾有我指紋的藥瓶，是爲了嫁禍給我。」

聽了我的告發，桂依然不動聲色，反應與飯店醫師截然不同。

「荒謬的詭辯。」

她發出幾聲訕笑。我清楚感覺到諸岡與水田都在關注事態發展，繼續道：

「可惜遭飯店醫師和明石的計畫阻礙，你無法完成原本的犯案計畫……你沒有付諸行動，我也不知道你原本的計畫是什麼。」

桂眞的一開始就打算把藥瓶放在我的椅子上嗎？或許她原本打算將藥瓶放在別的地方。由於被飯店醫師和明石搶了先機，迫使她將藥瓶放在我的椅子上。

就連這個部分，我都無法做出明確的推論。

桂無奈地嘆了一口氣。

「你當然不知道我的計畫是什麼，因爲根本沒有那個計畫。」

「既然沒有計畫，你願意喝一口那瓶黑啤酒嗎？」

我指著舞台一角的桌子。

桌上放著兩杯裝滿香檳的酒杯和一瓶黑啤酒，這些原本是頒獎典禮後乾杯用的。

桂的神情一僵，這是她第一次出現這樣的反應。我趁勢繼續道：

「頒獎典禮上，明石一定會喝的飲料只有兩種。一種是那個『獅雕獸角杯』中的山葡萄酒，另一種是飯店專門爲明石準備的黑啤酒。」

我一邊說，一邊隔著手帕拿起黑啤酒瓶。

飯店原本爲乾杯準備的飲料是香檳、紅酒、生啤酒和烏龍茶。乾杯儀式的所有參與者中，大概只有明石會指定喝這種葡萄酒。

「明石喝過的山葡萄酒中沒有毒，這一點已證實。排除山葡萄酒之後，桂女士有可能下毒的飲料，只剩下這瓶黑啤酒。」

犯罪業界充斥著牛鬼蛇神，擁有特殊技能的高手多如牛毛。

當初桂將藥瓶交給我的時候，我想到有個舊識非常擅長僞造，其僞造的成品幾乎是藝術品等級。既然我想得到，桂當然也想得到。她很有可能早已委託那個人，製作出一瓶乍看未開封的有毒黑啤酒。

我將黑啤酒瓶遞向桂。

「我猜你應該是買通了飯店員工，將原本準備給明石的黑啤酒換成這瓶毒酒。如果我的推理是錯的，就請你喝一口來證明。」

我將酒瓶推到桂的面前，桂堅決不肯接過。她瞪著我，眼底燃著熊熊烈火——跟飯店醫師一樣，雖然沒有認罪，她的行動卻間接坦承了自己的罪行。

我正打算請諸岡幫忙分析這瓶黑啤酒的成分，還沒開口，水田就搶先說：

「請放心，桂女士。這瓶酒沒有毒。」

面對意料之外的發言，我整個人傻住了。難道桂買通的飯店員工是水田？

諸岡和烏提斯皆有些驚慌失措，約莫產生了和我一樣的懷疑。

但不知爲何桂的表情有些歪曲，顯然她心中的驚愕超過我們所有人。

水田再次從口袋裡取出貝瑞塔M92F手槍，平靜地說起話來。槍口並未對準任何人。

「事實上，就在頒獎典禮開始不久前，準備乾杯飲料的同事出了點差錯，不小心摔破準備給明石先生的黑啤酒瓶。」

我完全沒注意到這件事。

水田的表情依舊讓人摸不著頭緒。

「雖然乾杯時指名要黑啤酒的客人只有明石先生，但這款黑啤酒本來就非常受歡迎。我們的酒吧等地方都會提供，因此倉庫裡的庫存量不少。放在舞台上的這瓶黑啤酒，是我從倉庫隨機挑選出來，用來替換摔破的那一瓶。照理來說，這瓶酒不太可能有毒。」

我看著手中的黑啤酒瓶，沉吟起來。

只要進行簡單的毒性檢測，就能立即確認這瓶黑啤酒是否有毒。所以水田在這種情況下撒謊，幾乎沒有任何意義。既然如此，他爲什麼要堅定地否認瓶中有毒？

——這是否意味著水田說的是實話？原本的酒瓶已摔破？

正當我陷入沉思時，桂舔了舔嘴唇，問道：

「那摔破的黑啤酒瓶，後來你們怎麼處理？」

「這一點我也不清楚。濺到地板上的酒早就清理乾淨，用過的水桶和拖把可能也已清洗。而那些玻璃碎片……或許被人帶出飯店了。」

「何以見得？」

「假設桐生小姐的推測無誤，桂女士收買了一部分飯店員工，這些人必定會設法抹除『黑啤酒中含有劇毒』這項對自己不利的證據。既然如此，飯店裡很可能找不到證據了。」

聽完水田的話，桂微微揚起嘴角，露出譏諷的笑容。

「先聲明，我沒有買通任何人。就算想要誣陷我，至少也該提出那摔破的黑啤酒瓶裡含有毒素的證據。」

聽到這話，我忍不住笑了出來。

「桂女士，你似乎誤會了。水田並不是這個意思。」

「什麼？」

桂正準備踩著勝利的腳步離開頒獎舞台，我的一句話讓她停下了腳步。下一秒，水田繞到她的身後，以槍口抵著她的後背。

「我只是說『飯店裡可能已找不到證據』。至於飯店外，就另當別論。」

桂露出不解的表情，我趁勢給她最後一擊。

「明石倒下的時候，飯店醫師說了一句『又是急診嗎？今天可眞忙』……他爲什麼會說這句話？因爲頒獎典禮開始前，一名指尖受傷的女員工突然身體不適，被送往醫院急救。」

烏提斯的臉瞬間變得蒼白。他擁有醫生執照，果然一點就通。

水田則是從容不迫地點了點頭。

「沒錯，她正是摔破那瓶黑啤酒的員工。說起來實在可憐，清理碎片時，她的手指被玻璃割傷了。」

我不禁皺起眉頭，想像著當時的情景。

這名女員工發現手指流血，驚慌之餘，很可能下意識地舔了沾有毒啤酒的傷口。何況，改良烏頭鹼原本是箭毒，就算只是毒碑酒接觸到傷口，還是會中毒，就像明石一樣。

——不管是哪一種情況，女員工的症狀無疑是改良烏頭鹼中毒所引起。

此刻，桂徹底亂了陣腳。

「你們別亂說，我不是故意要害飯店員工……」

一句話還沒說完，她意識到自己說錯話，慌忙以雙手摀住嘴巴，可惜爲時已晚。

水田以槍口抵住桂的背，微笑道：

「我們換地方詳談，請隨我來。」

*

水田押著桂離開宴會廳，廳內只剩下我、諸岡和烏提斯三人。

烏提斯從剛剛就一直以手機通話。

他似乎聯絡上中毒員工被送往的醫院。那恰好是飯店醫師經營的醫院。

他向電話彼端的醫師解釋飯店員工中的毒是改良烏頭鹼，並提供醫療處置上的建議。結束通話後，他朝我們說道：

「像這種特殊毒藥，沒有犯罪業界背景的醫師往往不知該如何處理。幸好對方說員工沒有性命之憂，只要妥善治療，很快就能恢復健康。」

聽到烏提斯的話，諸岡露出如釋重負的表情。

「毒島醫師，謝謝你。」

「不客氣。」

烏提斯撿起掉在地上的瘟疫面具和粗厚的灰色斗篷，猶豫著是否要重新穿戴上。看到這一幕，我問道：

「你和桂並不是一夥的……？」

烏提斯吃了一驚，旋即苦笑回答：

「只要是委託工作，我可以說是來者不拒。但我不喜歡受到束縛，所以基本上沒有加入任何派系組織。順帶一提，道家老爺子聘請我當律師時，早就知道我是烏提斯。」

——果然不出所料。

「兩位，有件事想與你們商量。」

此時諸岡突然開口。他停頓了一下，似乎在考慮該如何表達，片刻後才接著說：

「我想你們也很清楚，阿姆雷特大飯店的制度並不完善……這次的案件不是特例。試圖在飯店內犯案並迴避調查的犯罪者，可說是源源不絕。其中有些案件根本是『不可能犯罪』，讓我們頭疼不已。」

我從椅子上拿起宴會包，笑道：

「首先，你得找一個新的飯店專屬醫師才行。」

烏提斯一臉從容地回應：

「如果是阿姆雷特大飯店專屬醫師的職位，我倒是可以考慮接下來。我的診所離這裡很近，雖然我的專業是整形外科，但我相當優秀，對法醫學也頗有研究。」

這是烏提斯第二次以「優秀」形容自己。比起上一次，這次他的話更讓人信服了。諸岡向他伸出右手。

「謝謝你，毒島……不，烏……呃，我該怎麼稱呼你呢？」

「反正都不是本名，隨便叫什麼都行。」

諸岡思考約五秒，似乎做出了決定，點頭說道：

「那就叫你『多克』吧──『毒島（BUTSUJIMA）』的『毒』字，也可讀成『多克（DOKU）』。」

「哈哈哈，外表看起來像正經醫生，名字卻不怎麼正經。」

兩人雙手交握，似乎達成了協議。趁著這個時候，我悄悄轉身離開。沒想到，眼尖的諸岡突然叫住我。

「其實，我一直想雇用善於犯罪調查的專家。專門破解阿姆雷特大飯店內的各種疑案，揪出破壞規則的混蛋──全權負責相關事務的飯店偵探。」

我當場愣住，完全沒料到諸岡會說出這種話。諸岡也朝我伸出右手。

「桐生小姐，我很佩服你的觀察力與推理能力。如何，你願意接下這份工作嗎？」

──事態發展實在太過匪夷所思，我一時拿不定主意。

驀地，我想起道家老爺子生前託付的古怪任務。

代替他出席「年度犯罪獎」頒獎典禮，這實在不像是對殺手「厄瑞波斯」的委託。

事實上，這是道家老爺子第一次委託厄瑞波斯做「殺人」以外的工作。難道……老爺子早就預見這樣的未來？他知道我會在此找到新的歸宿，才下達那樣的指令？

不可能，絕對不可能。

我盯著諸岡伸出的右手，心中遲疑不定。一旦握住這隻手，意味著我接受他的聘用。

經過短暫的猶豫，最終我還是伸出手，與諸岡交握。

——接下來的日子，應該會比過去熱鬧許多。

Episode
2

僅限熟客

阿莉亞的手指輕輕顫抖著，那股震動傳到了我的指尖。

還是小學生的時候，阿莉亞就經常像這樣緊緊握住我的手。記得有一次，她在天寒地凍的河邊瑟瑟發抖……因爲害怕養父施加的暴力。

那時的我什麼也做不了。

雖然我比阿莉亞高兩個年級，但我的個子比她矮。更重要的是，我深信我們的不幸是無法改變的事實。只能接受，別無選擇。

——現在不一樣了。

在陰暗的小巷裡，我鬆開阿莉亞的手，對她說：

「別擔心，我只是去把被騙走的東西奪回來而已。」

阿莉亞從小就喜歡在初春時節穿風衣，這一點一直沒變。如今她已是大學二年級學生，距離二十歲的生日只剩下兩個星期。

阿莉亞的外貌也沒什麼改變。

身材高䠷，臉頰圓潤，配上一雙溫柔的眼睛。就連那容易被人欺騙的善良性格，也和以前如出一轍。

「對不起，博貴，把你捲進這種事。」

她泫然欲泣地說道。我摸了摸自己頭上的黑色假髮，笑著說：

「別這麼說，你願意找我商量，我很開心。」

仔細想想，我自己從小到大也沒什麼改變。

我的個子依然比阿莉亞矮。因爲有一張娃娃臉，去便利商店買酒時，總會被要求出示證件。而且店員看了證件，還是會露出「你眞是成年人？」的懷疑眼神。

順帶一提，阿莉亞和我——瀨戶博貴，並沒有血緣關係。

我們的共通點，大概只有是鄰居，以及都有糟糕的家庭。

阿莉亞的母親是一個未婚媽媽。阿莉亞還在襁褓中，媽媽就與她現在的養父結婚，三年後便因病離世。養父因此肩負起撫養阿莉亞的責任，但隨著日子一天天過去，養父逐漸顯露出嗜虐的本性。

而我則與一個整天酗酒，從不關心我的母親生活在一起。對我和阿莉亞來說，家是地獄的代名詞。所以我們像親兄妹一樣相依爲命，共同熬過那段歲月。

那時的我們，大部分時間都在挨餓。

小學四年級的秋天，我學會了向路過的大人索討零錢。

方法很簡單，只要說自己沒錢坐車回家就行了。大人通常會給我兩百圓，我就用這兩百圓買個鯛魚燒，和阿莉亞一起分食充飢，那幾乎是我們僅有的快樂。

一年後，我靠著自學，當起扒手。

我一點也不後悔。我跟她之中總得有人鋌而走險，才有可能熬過那段孤苦無依的歲月。

我不願意看到阿莉亞露出痛苦的表情，所以我故作輕鬆地說：

「別擔心，我當扒手一個月能賺一百五十萬圓。」

當然，這只是打腫臉充胖子。

八年前，我加入名叫「克爾柏洛斯」的竊盜集團，一直到今天，我都是那個集團裡的扒手。以上這些都是事實，但我膽子小，一個月頂多只能得手十五萬圓。加上還得被上頭抽成，最後落在手裡的錢少得可憐。

我激勵自己般說道：

「木庭那混蛋騙了你，對付這種人，不需要有任何罪惡感。」

再過兩週，阿莉亞就能眞正擺脫束縛，追求屬於自己的幸福。

我絕不允許那個男人繼續找她麻煩。

國三那年夏天，我們之間的共通點消失了。

那日，我們在河邊的樹蔭下避暑時，一個男人出現在我們面前。他自稱姓南出，是一名律師。他告訴阿莉亞，她是剛過世的房地產大亨及川充的孩子。

對我和阿莉亞來說，實在是難以置信的事情。

南出解釋得有些含糊，總之阿莉亞是及川充的私生女。而及川充未婚，沒有其他子女，雙親也早已去世。基於這些原因，他爲生平從未見過的女兒留下遺囑，讓她成爲超過二十億圓遺產的唯一繼承人。

不過要繼承這份遺產，有一個條件：

「繼承人在二十歲之前，只能從遺產中支領學費和生活費。」

她所繼承的遺產，有一份詳細的清單。清單上的一切財物皆禁止變賣，違反規定將喪失繼承權。

一般情況下，即使有這樣的條件限制，繼承人還是可以依法要求先繼承特留分。

但毫無戒心的阿莉亞被親戚的花言巧語騙了，簽下「若違反遺囑上的條件，將放棄一切繼承權」的聲明。從一開始，她的周圍就充滿算計與惡意。

那年夏天，阿莉亞宛如生活在暴風雨中。

阿莉亞接受DNA鑑定，確認身分無誤，便被接往位於成城的及川家。自那天起，她變成「及川阿莉亞」。一星期後，她轉學到一所國高中直升的貴族學校。

當我發現時，她家早已人去樓空。她的養父被揭發長期虐待養女，遭到逮捕。

就這樣，我與阿莉亞失去了共通點。

然而，至今阿莉亞仍待我如兄長。即使我一再勸她趁早與扒手斷絕往來，她依舊每星期都會打電話給我，有時我們還會約在咖啡館見面聊天。

或許是我無法真正狠下心與她斬斷關係吧。但也正因如此，我才有機會讓木庭付出代價。

從這個角度來想，我與阿莉亞的藕斷絲連倒也並非全是壞事。

我低頭看手錶，時間接近下午一點。

「別繃著一張臉，你放心，五分鐘就能搞定。」

聽我這麼說，阿莉亞表情才稍微放鬆。但下一秒，她的臉孔蒙上了一層更加強烈的恐懼。

「他來了……」

我順著阿莉亞的視線朝巷口望去。

大馬路對面，一名男子正在等紅綠燈。三七分的頭髮梳得整整齊齊，鬍子刮得乾乾淨淨，體型中等，穿著一套廉價黑色西裝，搭配深藍色領帶。加上那落伍過時的手提公事包，從外表看來，是個徹頭徹尾的平庸中年上班族。

他就是木庭有麻。

正是他欺騙了阿莉亞。如同他的名字「有麻」，據說他是專門在高級住宅區販賣麻藥毒品的藥頭──一個卑鄙無恥的人渣。

木庭的右手把玩著一副車鑰匙。

雖然距離遙遠，還是能清楚看見鑰匙上掛著祈求交通安全的藍色布製護身符，以及老舊的眞皮鑰匙圈。

──我們的目標，就是那個鑰匙圈。

我的計畫很簡單。等燈號變成綠燈，我就走上前去，在斑馬線上與木庭擦肩而過，將鑰匙圈偷走。我唯一沒預料到的是，鑰匙圈上竟扣著車鑰匙。

我咬著嘴唇詢問阿莉亞：

「那個鑰匙圈，是使用雙層環扣固定鑰匙嗎？」

「嗯。」阿莉亞點頭。

「以我的技術，沒辦法在擦身而過的瞬間拆下雙層環扣，只能連車鑰匙一起偷了。雖然被發現的風險會提高，但別無選擇。」

車道的燈號轉爲黃色。木庭打了個呵欠，將整串車鑰匙塞進西裝口袋。

我將阿莉亞留在巷子裡，自己移動到斑馬線前。我必須努力掩飾內心的緊張，以免露出馬腳。

沒問題，絕對能成功。

我的頭髮本來染成淺棕色，爲了避免引人注目，今天特地戴上黑色假髮。由於我的五官沒什麼特徵，就算是在擠滿人的電車車廂裡，恐怕也是最不起眼的一個。

不一會，行人號誌燈轉爲綠色。我與木庭從斑馬線的兩端同時邁出腳步。

＊

木庭第一次接近阿莉亞，是在文藝社團「萬神殿」的一次聚會上。

社團學長介紹他是裝幀畫家，阿莉亞性格單純，毫不懷疑地相信了。

一個月後，阿莉亞邀請「萬神殿」社團的朋友以及木庭，在及川宅邸舉辦一場讀書會。那次讀書會的主題，是達許・漢密特（註）的《玻璃鑰匙》。女傭為這次的讀書會準備了瑪芬蛋糕和馬卡龍，讀書會的氣氛非常熱絡。

就在大家準備散會之際，木庭對會客室抽屜裡的一樣物品表現出極大的興趣。

——那是一個老舊的眞皮鑰匙圈。

皮革上刻著咬著自己尾巴的蛇與一排數字，除此之外這個鑰匙圈沒有任何特別之處。連住在及川宅邸的阿莉亞，都不知道宅邸內有這個東西。

木庭聲稱對鑰匙圈的設計非常感興趣。

「這個設計給了我下一幅裝幀畫的靈感，能借我一陣子嗎？只要兩、三天就好。」木庭央求阿莉亞。

社團學長從旁附和，於是阿莉亞將鑰匙圈借給木庭。當時她正為木庭答應參加讀書會感到高興，毫不猶豫地答應了他的請求。

阿莉亞從小飽受苦難，可能因此養成喜歡看到別人開心的性格。這無疑是她的優點，然而過度的好心往往會讓她失去分寸，給自己帶來困擾。

註：達許・漢密特（Samuel Dashiell Hammett，一八九四～一九六一年），美國作家，其作品為冷硬派推理小說的濫觴。

過去已發生好幾次，阿莉亞的過度善意造成反效果。有時是得罪朋友，有時是惹上麻煩。這一次，阿莉亞的善良再度讓她惹禍上身——借出鑰匙圈的當天，木庭匯了五千圓到阿莉亞的戶頭。

這筆來路不明的款項，讓阿莉亞感到一頭霧水，直到後來遭受威脅，她才恍然大悟。其實，那個鑰匙圈是阿莉亞所繼承財產的一部分。

據說那是能爲持有者帶來好運的幸運符，雖然精神價值難以估計，但在財產清單中的價值僅爲一千圓。木庭故意選擇清單中價值最低的一項財產，成功讓阿莉亞放下戒備。

而且那鑰匙圈是限定版商品，上頭刻印著流水號，世上沒有第二個，無法找到替代品——原本應該帶來幸運的鑰匙圈，卻爲阿莉亞招致無盡的不幸。

木庭主張自己向阿莉亞購買了鑰匙圈，還以那五千圓的匯款作爲對價關係的證據。

儘管這套說詞本身毫無說服力，但情況對阿莉亞極爲不利。

因爲當天參加讀書會的文藝社團學長早已被木庭收買，甚至很可能就是他將阿莉亞的帳戶資料洩漏給木庭。

一旦這個狡猾卑劣的學長與木庭聯手聲稱「阿莉亞賣出了遺產清單上的物品」，及川家族的親戚高興都來不及，多半會全盤相信，結果便是——阿莉亞將失去繼承權。

木庭提出條件，若阿莉亞在三日內支付五百萬圓，他就不把這件事說出去。

他或許認爲以及川家的財力，湊足這筆金額並不困難。事實上，阿莉亞每個月能夠支領的生活費並不多，根本不可能在三日內湊齊五百萬圓。

阿莉亞向我求助後，我建議她向木庭謊稱會準備好錢，引誘木庭現身，屆時我就能把鑰匙圈偷回來。

只要取回鑰匙圈，事後木庭再怎麼辯解，阿莉亞都可以主張他在胡說八道。

木庭在斑馬線上一步步前進。

他的目的地，當然是阿莉亞與他約好見面的咖啡廳。他一副眉飛色舞的愚蠢表情，彷彿隨時會哼起歌。五百萬圓即將到手，他似乎有些得意忘形。我放鬆右手肌肉，準備下手扒竊。

距離與木庭擦肩而過，只剩下三公尺……二公尺……

忽然間，身旁響起一陣刺耳的緊急剎車聲，一輛灰色箱形車衝進斑馬線。驚叫聲四起，伴隨一聲悶響，車子撞上木庭後倏然停下。

木庭痛苦地抱著右腳，在地上翻滾。他的腳踝似乎骨折了，歪成不正常的角度。

我整個人嚇傻了，一時無法動彈。

怎麼會在這種時候發生車禍？不，這或許是個好機會。只要假裝提供協助，就能更輕鬆地偷走鑰匙圈。

正當我這麼想時，箱形車右側的門突然滑開，車內伸出四隻手。

四隻手都戴著黑手套，分別抓住木庭的肩膀和衣領。

木庭早已嚇得魂飛魄散，那些手粗暴地摀住他的嘴，同時將他身體硬拽進車內。車內一片漆黑，側邊車窗和後車窗都拉上黑色窗簾，根本看不清裡面的人數或情況。

箱形車猛然加速離開。

車門尚未完全關上，木庭的右半邊身體還掛在車外。

他臉色慘白，驚惶失措地揮舞著手臂。這最後的抵抗並未發揮效用，連那骨折的腳踝，也被車內的力量拉入車中。車門隨即關上，車子在路口左轉後就再也看不到了。

這一切不過發生在短短三十秒內。

現場的路人都愣住了，甚至沒人想到應該趕快報警。

我率先回過神，拔腿追趕。由於前方道路有些壅塞，箱形車無法加速行駛，我還有機會追上。

此時，我的眼角餘光瞥見阿莉亞奔出小巷，臉上充滿不安。

「我晚點打電話給你！」

丟下這句話，我全力衝刺。我對自己的腳程相當有信心，跨過路上一道道柵欄。

——這是預謀的綁架。

箱形車的車窗全拉上窗簾，在斑馬線上明顯朝著木庭撞過去。將木庭拖入車內時，那俐落的動作絕對不是出自普通人。

記住車牌號碼也沒用，對方肯定換了假車牌。

左側腰際隱隱作痛。

靠兩條腿追趕汽車，似乎太勉強了。箱形車和我的距離已拉開約一百公尺，但我知道如果現在放棄，便永遠失去奪回鑰匙圈的機會。

烈日當頭，我的腦袋熱得幾乎要燒起來。

「汗水是喬裝易容的大敵」這句話，在犯罪業界幾乎可說是常識。黑色假髮早因汗水而濕透，在初春直射陽光的烘烤下，內側簡直像蒸籠一樣。我的體力快速消耗，這也是原因之一。

就在我喘得上氣不接下氣時，箱形車突然減速，緩緩靠向路邊，地點是——阿姆雷特大飯店門口。

我擠出最後的力氣，全速朝箱形車奔去。

我原以為車輛會停在飯店本館的門外，但車子繼續駛向旁邊的別館才停下來。不一會，箱形車的門打開，有人從裡面走出來。

我站在行道樹旁不住喘氣，同時瞇起眼睛。

——車上的人到底是什麼來頭？

那是個留著滿臉絡腮鬍的男人。他的茶褐色頭髮鬈曲又蓬亂，看起來就像戴著圓滾滾的安全帽。最引人注目的，是他身上那件罩在夏威夷花襯衫外的鮮紅色騎士夾克。下身則是一條破得讓人忍不住想笑的破爛牛仔褲，再加上一雙穿到快散掉的木屐。

這打扮到底是土到掉渣，還是前衛到極致，實在讓人有些摸不著頭緒，本人卻穿得心安理得。如果要給他的穿著打扮一個形容詞，就是「會走路的時尚突變體」吧。

然而，那副碩大的黑框眼鏡後面的一對眼珠，卻透著令人發毛的犀利目光。

我猛然想起自己見過這個男人。

我所屬的竊盜團體「克爾柏洛斯」，只是一個末端的小組織。在我們組織之上，還有一個專門從事詐騙和竊盜的上層組織，名爲「艾奇德娜」。

我參加過一次由「艾奇德娜」舉辦的聚會，就是在那個會場上，我見到「會走路的時尚突變體」。

我依稀記得……他姓山吹。

他的身分是「艾奇德娜」的軍師，操縱著已淪爲傀儡的老大，是整個組織的幕後操控者。據說，這個人從前是靠偷車闖出名堂。他將第一次偷來的經典車款進行大幅度改造，安裝上渦輪引擎，至今仍是他的愛車。此外，還有一個無法確認眞假，但相當有名的英勇事蹟……有一次，敵對組織在他的愛車上裝定時炸彈，他堅持親自拆除，雖然最後身受重傷，至少保住了愛車。

這樣瘋狂的男人，怎麼會出現在這裡？

冷汗不斷從我的身上滑落。

這傢伙可是業界響噹噹的大人物，而我只是在底層幹扒手勾當的無名小卒。稍有不愼惹怒了他，我很可能今晚就會人間蒸發。

山吹兩手空空地下車，灰色箱形車迅速駛離。

此刻對我來說，木庭的死活已不重要。因爲山吹從騎士夾克中拿出的東西，吸引了我的注意力。

——車鑰匙。

那正是木庭的車鑰匙。上頭掛著藍色布製護身符讓我記憶深刻，以及帶有吞尾蛇標誌的鑰匙圈，絕對不會認錯。

山吹低頭看著手中的東西，嘴角浮現一抹笑意。

起初，我以爲他是在盯著車鑰匙看。可能是綁架了木庭，還想把車子據爲己有，納入自己的收藏。但我馬上知道不是那麼回事，他的目光並非落向車鑰匙，而是鑰匙圈。

我不禁睜大眼睛。

「難道山吹襲擊木庭，是爲了那個鑰匙圈？」

看來想要對阿莉亞不利的人，不僅僅是木庭。

山吹綁架了木庭，同時也強占了他的計畫，成爲新的勒索者。如今那個吞尾蛇鑰匙圈落入另一名「犯罪界大人物」的手中，阿莉亞的危險肯定是有增無減。

山吹的木屐發出清脆的聲響，穿過日式庭園，筆直朝著阿姆雷特大飯店的別館走去。他一次都沒有回頭，似乎並未注意到我。

我連忙追上去。

我努力維持呼吸平穩，盡可能躡手躡腳地前進。幸好，為了工作我特意買了一雙鞋底經過橡膠處理的鞋子，就算走得再快也不會發出聲響。

沒問題，我能夠搞定。

說來可悲，我在「克爾柏洛斯」裡也只是個小角色。上層組織的大哥級人物，絕對不會記得我是誰。即使記得，今天我戴著一頂黑色假髮，模樣與平常差異頗大，應該不會被認出我是小偷瀨戶。

當我跟著山吹進入別館的自動門時，我們之間的距離已縮短到僅剩一公尺。

山吹的右手仍把玩著那個鑰匙圈。想要神不知鬼不覺地扒走，幾乎是不可能的任務。只能用粗暴一點的方式，連同車鑰匙一起搶了就跑。

就在我伸出手，準備搶下鑰匙圈的瞬間——

「這位先生……」

突如其來的聲音，嚇得我整個人彈了起來。

我完全沒發現有人靠近，但那飯店工作人員所站的位置，居然已近到幾乎能夠感受彼此的呼吸。那是一個身材瘦削的男人，從髮型到制服的領帶都一絲不苟，銀框眼鏡熠熠發亮，臉上帶著溫和的笑容。

「很抱歉，這裡是會員專屬的阿姆雷特大飯店別館，請問您有會員證嗎？」

「啊？會、會員證嗎？」

當然沒有，我可是第一次來到這種地方。

我一邊假裝在錢包和口袋中摸索，一邊偷偷觀察山吹的動靜。只見一名女員工在他旁邊優雅地鞠躬致意。

「山吹先生，感謝您提供證件。」

接著山吹便在櫃檯辦理入住手續。他的筆尖飛快滑動，那串車鑰匙被他隨手擺在櫃檯上，彷彿在故意挑釁我。

眞是個目中無人的傢伙。

女員工恭恭敬敬地將客房鑰匙和全套飯店備品遞給山吹。這家飯店的客房鑰匙並不是卡片，而是傳統鑰匙，我的運氣不錯，剛好瞄到鑰匙上印著房號「一二〇九」。

——他住在十二樓嗎？

回過神來，我發現自己已被三個男人包圍。

其中兩人身穿飯店制服，體格卻像是電影中傑森・史塔森（註）的手下，肌肉發達到令人恐懼。而第一個跟我說話的銀框眼鏡男人，此時再度開口。他的名牌上印著「水田」二字。

「很抱歉，本館僅限會員使用。」

水田依舊彬彬有禮，但從那冰冷且帶著殺氣的目光便能看出，他早就知道我沒有會員證。

註：傑森・史塔森（Jason Statham，一九六七年～），美國著名男演員。

壯漢一左一右抓住我的手臂。

「等等！」

我大聲抗議，入口大廳裡竟沒有任何房客看向我。有人正埋首讀報，有人輕晃手中的白蘭地酒杯，每個人都無視我。

我就像是美國軍隊逮住的矮小外星人，被拖出自動門外，毫無反抗之力。

背後傳來水田帶著笑意的話聲：

「如果您想住宿，可以前往我們飯店的本館。」

＊

「這是什麼鬼飯店！」

我一邊從日本庭園的石板地上爬起來，一邊嘀咕著。

那兩名壯漢將我扔出來後，迅速退回別館，站在門口直盯著我。

——看來只能暫時撤退了。如果再引起懷疑，惹得他們報警，恐怕會吃不完兜著走。

幸好山吹才剛辦完入住手續。

他沒有攜帶任何行李，應該不是爲了放東西才先辦理入住手續。若不是想要在房裡休息，就是在飯店內有事要做——不論是哪一種情況，應該都暫時不會離開飯店。

「好吧，看來只能打持久戰了。」

我不知道山吹打算在飯店住幾晚，但他總有可能會外出吃飯或處理事情。而且不管他住幾晚，終究會退房，離開這座建築。

於是我假裝放棄，轉身背對著飯店門口，邁開腳步。

我繞著建築物走了一圈，確認別館所有的出入口位置。

——南側除了別館大門出入口，還有一個地下停車場的出入口。

大門的警備有多森嚴，剛剛已領教過。沒想到連地下停車場的出入口也有警衛，令我咋舌不已。我站在遠方，隱約看見警衛正在要求進入的車輛出示會員證。

入口旁掛著一個牌子，上面寫著：「本停車場僅限別館使用。請注意，本館與別館的地下停車場並不相連。」看來，本館與別館各自擁有獨立的停車場。

在別館的東側，我發現員工專用的出入口。

那扇門並不大，僅能容納兩人並肩通過。就在我暗中觀察時，恰巧有工作人員拿著垃圾袋走出來，丟到旁邊的垃圾放置區，再返回門內。雖然這裡沒有警衛，但需要員工專用的卡片才能打開門。

至於西側，則是一座英式庭園，中間設有噴泉。庭園另一頭，就是飯店的本館。

繞完別館外圍一圈後，我默默在心中盤算。

——我注意到三件事。

第一，別館的地下停車場出入口設計得特別狹窄。尤其是車高限制僅有一百五十五公分，可說是極爲嚴苛。這意味著我沒辦法趁夜色趴在會員的車頂混進去。

第二，別館的地下停車場僅有車輛專用出入口，並無行人專用的聯外樓梯。這表示如果行人想要離開停車場，必須先進入別館內部，再從別館的門離開。

相較之下，本館的地下停車場設有聯外樓梯，光是我在巡視時就看到兩座。不知爲何，更高級的會員制別館反而不如本館便利。

第三，別館只有正門，沒有供房客進出的側門或後門。雖然北側有小型的緊急逃生出口，但那扇門被徹底封住，似乎只有在緊急情況下才會開放使用。

我深深嘆了口氣。

「這樣的建築設計，眞的沒有觸犯《建築基準法》之類的法規嗎？」

以我的立場來看，這當然不是什麼壞事。我只要埋伏在正門附近，等待山吹出現就好。雖然相當省事，我總覺得這建築物透著一些古怪。

我再次抬頭望向這家飯店的別館。

別館華麗得有如皇宮，可說是極盡奢華之能事。然而，與外觀明亮的本館相比，別館不僅小了一圈，還散發著一股陰鬱感。如果那眞的是皇宮，顯然是暴君的居所，而非賢君的殿堂。

驀地，我想起關於某家「專供犯罪者使用的飯店」的傳聞。

像我這種底層小人物，根本不可能知道那家飯店的正確名稱或位置。只有在業界擁有相當地位的人，才能成為那裡的客人。據說，那家飯店有兩項絕對不可違背的規則：

一，不得對飯店造成危害。

二，在飯店內不得傷人或殺人。

只要遵守這兩項規則，並且支付得起相應的報酬，會員幾乎沒有得不到的服務。例如，使用超高溫焚化爐，將屍體燒得連痕跡都不剩；打一通電話給櫃檯人員，就能取得偽造的身分證明，甚至是內置機槍的豪華禮車。

——一家絕對不會驚動警察的飯店。

我感覺到自己的指尖正微微發抖。

「先別胡思亂想，這家飯店的別館未必就是傳聞中那個可怕的地方。」

雖然如此喃喃自語，但想到連山吹那種業界大人物都是這家飯店別館的常客，我還是十分不安。

「艾奇德娜」以東京為活動據點，身為幹部的山吹，肯定在市中心擁有自己的住家或別墅，為什麼還要專程入住位於市中心的這家飯店？此舉是否意味著，這是非常特別的飯店？回想起來，飯店人員水田那犀利的目光，以及粗暴地把我趕出大廳的兩人，恐怕都不是等閒之輩。

我凝視著別館的正門。

進出的客人個個都看起來大有來頭。他們穿著高檔的衣服，身上散發出濃重的金錢氣息。表面上舉止文雅，骨子裡卻隱藏著鬣狗般的凶狠氣質。

或許……事實已擺在眼前？

就在這時，手機鈴聲響起。我猛然想起自己答應打電話聯絡，直到現在都還沒打。我趕緊接了這通阿莉亞的來電。

「抱歉，出了點麻煩，鑰匙圈還沒拿回來……」

「怎麼辦？」

電話彼端的阿莉亞正在啜泣，我聽著一陣心慌，忍不住打了個哆嗦。

「發生什麼事？」

「剛才南出律師打電話來，說今晚會有突襲檢查。」

「突襲檢查？」

「要核對遺產清單上的物品有沒有被偷偷賣掉……」

聽到這裡，我突然全都明白了。

——這一定是山吹的計謀，他察覺木庭的計畫，設下了這個局。

山吹知道及川家的親戚都不希望阿莉亞繼承遺產，於是先派人襲擊木庭，奪走吞尾蛇鑰匙圈，再暗中煽動那些親戚發動突襲檢查，藉此讓阿莉亞失去繼承權。

只要這個計謀成功，山吹想必會從那些親戚手中獲得幾億圓的酬勞。該死……什麼幸運鑰匙圈，根本就是災禍的鑰匙圈！

總之，一分鐘都不能耽擱！

「什麼時候開始檢查？」

「晚上七點。」

我低頭看了一眼手錶，現在是下午一點半。

從這裡坐幾站地鐵就能到達及川宅邸，雖然距離不遠，但如果在下午六點前拿不回鑰匙圈，就絕對趕不上檢查了。

——還剩四個半小時。

我咬著下唇自言自語：

「看來，不能等那傢伙從飯店出來。」

「飯店？什麼飯店？」電話另一頭的阿莉亞問道。

「細節晚點再說，阿莉亞，你就安心等著吧。」

「博貴，你是不是又在做什麼危險的事情……」

不等她說完，我就結束通話。

我打算潛入「阿姆雷特大飯店」的別館，溜進山吹入住的十二樓，從他手中奪回鑰匙圈。

這次的對手是業界的頂尖人物……如果這裡眞的是傳聞中的特殊飯店，一旦行動失敗，我恐怕必死無疑。

這種危險的事情，阿莉亞知道得愈少愈好。

首先，我走向員工專用出入口。

老實說，進入別館並不算困難。我揚起嘴角，伸手在連帽衫的口袋裡翻找。

指尖觸碰到一張硬邦邦的卡片。

這是我從正門警衛身上順手偷來的東西。那兩名傻大個，看起來像史塔森的小弟，卻笨得要命。我被攆出去的時候，從其中一人身上偷取員工專用卡片，從另一人身上偷走文庫本書籍，他們都渾然不知。

當然，這並非什麼預先擬定的計畫。我哪有那種先見之明？純粹是受到粗暴對待，一氣之下決定扒走一點東西。不過有人說運氣也是實力的一部分，總之我憑著運氣算是過了第一關。

我意氣風發地走向員工出入口，準備將卡片放到讀卡器上……突然間，門從內側開了，嚇得我差點跳起來。

門內走出一個身材纖瘦的女人。

我頓時鬆了一口氣。至少這女人不像水田那樣，帶有業界的人特有的煞氣。她的名牌上寫著「桐生」，五官端正，領帶卻打得歪歪斜斜，增添了一種隨和感。

桐生目不轉睛地盯著我。

我察覺情況不妙，打算在她判定我不是飯店員工之前，趕快溜進飯店。我輕輕點頭致意，繞過她的身邊，準備潛入別館。

「站住。」

我一聽，霎時倒抽了一口氣。

桐生伸出左手，擋住我的去路。她的手掌按在牆上，牆面發出沉重的悶響，顯示出她的力量驚人。

「交出來……」

她沉聲說道，同時伸出右手。

「交……交什麼？」

「你從正門警衛身上偷的卡片。」

該死，她果然察覺了！

如果被搜身，一切都完了。我佯裝踉蹌了一下，趁機將卡片悄悄放進桐生的制服口袋。至於文庫本書籍，反正怎麼辯解都可以，還塞在我的褲子後袋內。

這不是我第一次用這招躲過搜身。不管是警察或是警衛，絕不會想到失竊物會被偷偷塞進自己的口袋。

等搜身結束，再把卡片扒回來就行了。

「你以為用這麼拙劣的手法，就能蒙混過關？未免太小看我了。」

桐生露出苦笑，手伸進自己的口袋，拿出我剛剛放進去的卡片。

我感覺從假髮到腳尖都冒出了冷汗。

剛才我還勝券在握，此刻卻羞愧得無地自容。話說回來，對方明明是個女人，怎麼說話的口氣像個男人？而且她看起來不像普通的飯店員工。

桐生低頭看著卡片，繼續道：

「居然敢在別館行竊……你拿這張員工卡片想做什麼？目標是某位房客嗎？」

我雙手摀住臉，一句話也說不出來。

我會有什麼下場？是被嚴刑拷打到說眞話，還是會直接被抹殺？

我透過顫抖的指縫窺望桐生。

她隻身出現在我的面前，是否意味著她有足夠的自信，能獨力制服我？周圍沒有其他員工，顯然我的推測沒有錯。但她不知道，我對自己的逃跑能力頗有信心，對這一帶的地理環境也略知一二。只要抓準時機逃跑，甩掉她應該不是難事。

我抬起頭，開口問道：

「桐生小姐，你是這家飯店的保全人員嗎？」

我提問純粹是為了拖延時間，她卻揚起一邊嘴角，苦笑著回答：

「算是吧，我的職銜是『飯店偵探』。」

飯店偵探？

在這專門服務犯罪者的飯店裡，「偵探」一詞聽起來相當格格不入。但或許正因是犯罪者的聚集地，才更需要偵探這種角色？

我低聲咕噥：「遺失物……」

桐生的眼中流露出一絲警戒。

「你說什麼？」

「既然你是偵探，請幫忙還給失主吧。」

說完這句話，我將偷來的文庫本書籍拋向桐生，轉身拔腿狂奔。

這是戰略性撤退，是計畫性轉進。

我這樣說服自己，全力跑過三個街口，最後腳下一軟，在空無一物的地方跌倒了。

不久前追趕那輛灰色箱形車，我跑了將近兩公里，那時累積的疲勞現在完全爆發出來。雙腿像灌了鉛，我感覺肌肉中的乳酸正在快速堆積。

不時有路人轉頭望向躺在地上的我。

你們這些路人，想怎麼看就怎麼看吧，我只擔心阿姆雷特大飯店派來的追兵……沒想到過了好一會，完全沒人追上來。

我有些錯愕，搖搖晃晃地走進小巷。

對方沒有追來，難道是認爲拿回卡片就足夠了？不可能！這又不是三歲小孩偷東西，對方怎麼可能如此仁慈？

故意不追來，一定是想放長線釣大魚，藉此挖掘出更多關於我的底細。對方想知道我的目的，以及我是受到誰的指使。

我靠在便利商店後方的圍欄上，脫掉連帽衫和黑色假髮。

我的長相非常普通，算是個稱不上優點的優點吧。

只要露出原本的淺棕色頭髮，從遠處看，很難辨認出是同一個人。雖然這樣的易容術實在毫無技巧可言，但應該足以騙過飯店的人。

我調整呼吸，原路折返。

對方採取「放長線釣大魚」的策略，代表完全不把我這種無名小卒放在眼裡。那幫人想必是認爲要抓住我易如反掌。

——我一定會讓對方爲過度自信付出代價。

＊

別館有四個出入口。

南側有正門和地下停車場的出入口，東側有員工專用出入口，此外北側還有一個緊急逃生口。

既然是一家飯店，每天應該會有大量的床單、被單、枕頭套等布巾類品送進送出。消耗的食材和酒水飲料的數量也不小，必要時還可能有大型家電或家具要搬進搬出。

——這些貨物都是經由哪一個出入口進出？

正門是飯店的門面，應該不會用來運貨。而員工專用出入口和緊急逃生口的門都太小，顯然不適合處理大量進出貨。

這麼看來，約莫是地下停車場的出入口吧？

或許合作業者的箱形車和貨車會開進別館的地下停車場，停在地下的貨物搬運口進行卸貨……

不，不對。這恐怕也不是正確答案。

別館地下停車場的車高限制是一百五十五公分。

這種高度限制對一般的私家轎車影響不大，但運送貨物的箱形車和貨車通常比私家轎車高得多，很可能沒辦法開進地下停車場。

畢竟這是專門服務犯罪者的飯店，不可能蠢到將「箱形車和貨車無法進入的地下停車場」設為貨物出入口。

——這種不方便的設計，恐怕是刻意為之。

阿姆雷特大飯店別館的房客全是犯罪者，其中可能包含一些不惜在飯店內動武的激進分子。

限制地下停車場只能接納小型轎車，飯店承擔的風險就會大幅降低。畢竟小型轎車內能藏匿的人數和武器數量非常有限。

相較之下，如果是箱形車或貨車呢？這類大型車輛能隱藏大量戰鬥人員和武器，一旦駛入地下停車場，將對飯店構成致命威脅。就算是防守得滴水不漏的堡壘，一旦從內部遭到破壞，最終仍會土崩瓦解。

既然重視安全，別館的貨物出入口應該會設在建築物外圍。

可是，貨物出入口會設在哪裡呢？

我抬頭仰望阿姆雷特大飯店的本館。

本館在外觀上與別館相似。然而，與充斥著牛鬼蛇神的別館相比，本館顯得平靜許多。或許是客人性質不同，整體氛圍也隨之改變。

兩棟建築物宛如陰與陽的化身，隔著英式噴泉庭園並立。

本館也有地下停車場，入口處同樣貼著告示：「本停車場僅限本館使用。請注意，本館與別館的地下停車場並不相連。」

本館與別館的差異在於，本館的地下停車場入口很大，車高限制為三・二公尺，箱形車及小貨車都能通過。

經過縝密的推敲之後，我不禁揚起嘴角。

「本館和別館看似是各自獨立的建築物，實際上並非如此……地下室必定有一條連接兩棟建築物的搬運通道。」

那正是通往別館的第五個入口。

本館的安全管理非常鬆散。

由於本館開放給一般客人使用，並非會員制，我輕輕鬆鬆就從正門進入本館。

大廳休息區擺放著奢華的沙發，附設一家名叫「平穩無事」的咖啡店，許多客人在享用擺滿水果的鬆餅。

我無視了名稱有些搞笑的咖啡店，直接搭電梯前往地下停車場。

這次我的運氣不錯。

一到地下停車場，我就看見清潔業者運送布巾類品的貨車剛剛進來。而且因爲有不少車輛正駛向出口，貨車不得不放慢速度。

我迅速觀察停車場的東側，也就是別館所在的方向。

在一轉彎處，有一片地勢較高的區域，隱藏於一般客人的視線死角。那裡有一道巨大的鐵捲門，旁邊站著兩名警衛。

那肯定就是貨物出入口了。

地面比停車場更高的設計，是爲了讓貨物出入口的高度與貨車的貨台齊平，便於裝卸貨。

那道鐵捲門後面，應該就是通往別館的地下搬運通道。

趁著貨車等待對向車輛駛過的空檔，我抓住了車尾門。貨車駕駛的警戒心很低，車尾門只上了門，並沒有上鎖。我趁機打開門，溜進車內。

衣物柔軟劑的香氣撲面而來。

門關上後，裡面一片漆黑，幸好手機的手電筒功能派上了用場。

貨車內並排、固定著許多大型推車，這些推車都有著宛如監獄牢籠般的圍欄，裡頭雜亂堆積著許多藍色大袋子，袋內似乎裝滿床單和毛巾。

每一輛推車上都標示著目的地。

有的標示醫院，有的標示其他飯店。其中一輛推車上寫著「阿姆雷特大飯店別館」。旁邊還掛著幾套眼熟的飯店制服。制服有兩種顏色，藍色系搭配深藍領帶的是別館制服，紅色系搭配深紅領帶的則是本館制服。

我迅速拿起一套別館制服，直接穿在T恤和牛仔褲外頭，省去脫衣服的時間。眼下時間緊迫，必須趕緊行動。

此時貨車開始倒車，顯然已到達貨物出入口。

「糟糕！糟糕！」

我慌忙抓起看似最大的藍色備用袋，迅速衝向印著「阿姆雷特大飯店別館」的推車。接著我隨意抓起裡頭一個袋子，塞進貨車的視線死角。

最後，我將那個空的藍色備用袋罩在自己身上，以倒栽蔥的方式跳進推車。

幾乎就在同一時間，駕駛座傳來車門打開的聲響。此刻如果駕駛打開車尾門，必然會看到我露出推車的腳。

完蛋了嗎？

不，司機未必會馬上開門，可能會先與飯店警衛寒暄兩句，或是處理搬運相關的文件。

——車尾門大約是在一分鐘後才打開。

此時我已成功躲進裝滿被單的袋子之間，並且用那個空的藍色備用袋遮住全身……我很慶幸自己的體型還算矮小。

隨後，我感覺到有人開始推動推車。

我的身體隨著推車震動搖晃，忍不住暗自歡呼，總算能進入別館了。

剛才使用手機燈光時，我順便看了時間，現在是下午兩點五十分。無論如何，我必須在下午六時前找到山吹，拿回那個鑰匙圈。

推著推車的兩名男女不停聊天，雖然聲音不大，但我聽得一清二楚。

「前輩，東大路女士的火葬，差不多開始了吧？」

「嗯，差不多了吧。」

我皺起眉頭，不禁暗暗嘀咕。

火葬？這飯店還負責葬禮嗎……？不過，既然是專門為犯罪者提供服務的飯店，也不令人意外。

或許因為這裡是只有員工才能進入的搬運通道，兩人顯得毫無防備，閒聊聲愈來愈大，不再有所顧忌。

「東大路女士不肯在醫院積極接受治療，卻希望在我們飯店裡平靜地走完人生最後一程，眞是奇怪的要求。我們的火葬方式可是連骨灰都不會留下……東大路女士的想法實在讓人摸不透。」

「可見她深深愛著我們阿姆雷特大飯店。」

「說實話，東大路女士生前是個超級大花癡。高樓層的男性員工簡直每天都戰戰兢兢，生怕一個不小心就會被她調戲。」

「哈哈，眞的嗎？」

「對當事人來說，這種事情可是笑不出來！今天早上，東大路女士不是在十樓的客房裡昏厥嗎？後來她還說，臨死前能被隔壁客房的帥哥幫了一把，實在是人生中的美好回憶。」

「住在隔壁的是西尾先生吧？」

「沒錯，當時西尾先生被她抱住，聽著她說這些話，不知有多尷尬。話說回來，東大路女士斷氣之前，臉上都帶著幸福的微笑——這樣的死法，眞符合她的性格。」

接著兩人陷入沉默。

前輩似乎想轉移話題及轉換心情，突然平淡地說道：

「好了，趕快檢查完吧。」

檢查？

聽見這個詞，我的胃隱隱抽痛。

「先檢查放射性物質……嗯，這個數值沒問題。」

「我對檢查業務還是不太熟，真的有必要做這種檢查嗎？」

「據說在海外，有人把髒彈(註)藏在布巾裡，企圖摧毀整座飯店。謹慎點總不會錯。」

聽到這裡，我不禁心裡發毛。

髒彈？那不是以輻射物質汙染環境的恐怖武器嗎？兩人居然能如此輕描淡寫地討論這種可怕的話題！

「接下來是X光檢查，把推車放到那個巨大的裝置上，輸送帶會自動運作。不僅能檢查可疑物品，還能發現潛入者。」

X光檢查？飯店怎麼會有X光檢查裝置？

繼續躲下去，肯定會被發現，於是我一腳踹翻推車，迅速跳了出來。兩人被突然翻倒的推車嚇得癱坐在地，我隨手把原本蓋在頭上的藍色袋子丟向他們。

註：dirty bomb，指結合炸彈與輻射汙染物質的武器。

檢查室約二十張榻榻米大。

室內擺放著類似機場行李X光檢查機的裝置，只是巨大無比。我一想到自己差點被送進去，便不禁冷汗直流。

我轉頭望向右側，一扇相當大的平推門上掛著「別館」的標示牌。

我立刻衝上去，但那扇門牢牢鎖住，根本拉不動。看來要完成檢查程序，那扇門才會自動開啓。

——好不容易來到這裡，總得想個辦法！

要是在這裡被抓到，一切就完了。

我一咬牙，衝向另一側貨物出入口的鐵捲門，將門拉開一道縫隙，迅速倒地翻滾，回到地下停車場。

外頭有幾名警衛，正接獲無線電通報。幸好我穿著別館員工制服，他們暫時沒有反應過來。我趁機飛快奔向停車場出口。

接下來該怎麼辦？

返回本館的地面樓層顯然不明智。一來本館的員工肯定也會接到通知，二來我身上穿的是別館的制服，顏色和本館不同，很容易被發現。

突然間，我發現一座通往地面層的狹窄樓梯。

那是連接地下停車場與地面層的步行者專用樓梯之一，或許走這邊比較不會遇上警衛……我懷著最後一絲希望，衝上樓梯。

出口是在日式庭園內。由於在地下室東奔西跑了好一會，我完全失去方向感。依環境判斷，這座樓梯剛好在別館入口附近。就在這時，我發現大型石燈籠的旁邊有道人影。

我一認出那個人，全身彷彿當場凍僵。

那是飯店偵探桐生，她一副等得不耐煩的表情。

「來得眞晚。」

樓梯下方不斷傳來腳步聲，看來追兵已逼近。我知道再也逃不了，只好氣喘吁吁地問：

「你怎麼曉得我會來這裡？」

「不知爲何，試圖潛入別館的人，都會循著相同的路線。起初從正門嘗試，失敗後轉向員工專用出入口……再次失敗後，他們就會發現貨物出入口，然後在本館的地下停車場開心地鑽來鑽去。」

我整個人傻住了。

我以爲自己臨機應變突破了重重難關，沒想到只不過是做了「其他人」都會做的事。這是否意味著，從一開始我就不可能成功潛入別館？

內心的懊惱與羞愧，讓我幾乎快要掉下眼淚。逃跑的力氣也已耗盡，我只能僵在原地。

桐生憐憫地說道：

「所有潛入者最後都突破不了X光檢查那一關。絕大多數的潛入者會在貨物出入口附近被抓住，但你看起來手腳很靈活，我猜你會逃到這座樓梯。」

她說的那些話，我一個字也沒聽進去。

因爲就在桐生背後約八十公尺處，我看到一個穿鮮紅色騎士夾克的男人。該說是幸還是不幸？山吹正好走出別館！

我一邊大喊，一邊拔腿狂奔。

「站住，山吹！」

山吹聽到呼喊聲，轉頭看見我。隔著他的黑框眼鏡，我清楚地看出他眼中的驚愕。他慌張地轉身，逃進別館深處。就在此時，我被人壓制，全身動彈不得。但我仍拚命抓著出入口的自動門，朝山吹大喊：

「不要跑！你這個懦夫！」

山吹頭也不回地跑向電梯大廳。起初他想搭附近一座標有「低樓層」的電梯，後來他改變主意，與一旁的員工交談幾句，走進標有「直達高樓層」的電梯。

「山吹，你回……」

一股劇烈的痛楚襲擊了我的後腦杓。

我意識到自己挨打了。眼前瞬間轉黑，我的意識也隨之中斷。

＊

睜開眼睛時，我發現自己置身於陌生的房間，約莫是飯店的辦公室吧？

只要稍微一動，我就感覺頭痛欲裂，全身上下發出吱嘎聲響，四肢無法自由活動。仔細一瞧，我的雙手雙腳被綁在一張木製椅子上。

——終究還是被抓住了。

牆上的時鐘顯示時間為下午四點半，我竟昏迷了超過一個小時。

想起當時衝動地朝著山吹大聲叫喚，我深深感到懊悔。眼下山吹恐怕早已退房，不知去向。至於那個吞尾蛇鑰匙圈，當然也下落不明。

這時，附近傳來模糊的談話聲。說話者壓低了聲音，我聽不清楚內容，只知道聲音正逐漸靠近。我不由得打起哆嗦。

出現在我面前的是桐生。

「老闆……嚴格來說，他也算是圈內人吧？」

桐生口中的「老闆」，是一名上了年紀的男人。他並未穿飯店制服，而是一副大牌電影製片人般的輕裝打扮，應該就是阿姆雷特大飯店的老闆吧？這張臉讓我聯想到肯德基爺爺，但我似乎有些腦震盪，根本無法好好思考。

老闆上下打量著我，連連點頭。

「沒錯，我認得他。上次『艾奇德娜』在新宿的地下賭場舉辦宴會，他也參加了。我還記得當時他摔倒撞翻香檳塔，被狠狠訓了一頓——他是『克爾柏洛斯』底下的年輕扒手。」

「你貴姓？」

什麼事不好記，偏偏記住那件事？但畢竟是事實，我無從反駁。

老闆問道，我放棄抵抗，無奈地回答：

「瀨戶……」

桐生直視我，開口問：

「瀨戶，你跟山吹是什麼關係？爲什麼非要抓到他不可？」

一旦說錯話，可能會牽連到阿莉亞。我瞪著桐生，一聲也不吭。

「嗯，不想說？好，我們換個話題。」

「換個話題？」

「別館的高樓層——那是只有特定VIP才能進入的特殊樓層，剛剛發生了一起凶殺案。」

我頓時傻住。

我以爲「換個話題」，指的是追究我偷竊卡片鑰匙，或是把布巾類品推車搞得一團亂的責任，怎麼會突然提起凶殺案？

「聽說這是專門服務犯罪者的飯店，有著絕對不能觸犯的禁忌……？」

我戰戰兢兢地問道。老闆露出陰沉的目光，瞪了我一眼。

「這還需要你來提醒？在我的飯店殺人，是最不可饒恕的犯禁行為。殺人者必須償命。」

我感覺全身的血液瞬間涼了一半。眼前的局面，他們顯然懷疑我就是那個該償命的人。

「不，不是我！我什麼都沒做！我跟那起凶殺案毫無關係！」

「既然與你無關，為什麼你追著山吹跑，還試圖闖入別館？」

面對老闆的質疑，我心頭一驚。

「難不成，山吹被殺了嗎？」

如果山吹是受害者，我理所當然會被懷疑。企圖潛入別館的行徑，很可能被誤解為我想殺害山吹。

沒想到桐生搖了搖頭。

「不，死者是土井先生。」

「土井先生？是『艾奇德娜』的土井大哥嗎？」

我更加困惑了。

土井是竊盜組織「艾奇德娜」的老大。雖然近年他逐漸變成山吹的傀儡，但在組織裡依然擁有極高的威望。對於我這種人來說，他就像是雲上之人。

那種有頭有臉的人物，怎麼會輕易遭到殺害……？

桐生右手搭在綁著我的椅子上，似乎只是輕輕一推，椅子竟以一隻腳爲軸心，旋轉了一百八十度。

我的身體跟著椅子轉向後方，眼前出現一張長椅。這是一張簡陋的木製長椅，僅在長方體的底座上加一層薄薄的椅面。整張長椅安置在附輪子的平台上。

「這椅子有什麼不對嗎……咦？嗚哇！」

一句話還沒有說完，我就嚇得大聲尖叫，差一點連人帶椅翻倒在地上。

桐生掀起長椅的椅面，裡頭赫然躺著一具屍體。那屍體頸椎扭曲，臉色發紫，正是「艾奇德娜」的土井。

「大約一個半小時前，有人發現土井先生死在本飯店十四樓的三溫暖設施內。死因是頸骨折斷引發的窒息死亡。根據推測，他應該是在休息區突然遇襲。」

土井的屍體全身赤裸，只在腰部以下覆蓋一條浴巾。

可是，桐生的說明中完全沒有提到長椅。爲什麼要把屍體塞進長椅？這種行爲未免太變態了。

見我幾乎要嘔吐，桐生苦笑著解釋：

「抱歉，嚇到你了。其實這是棺材的試驗品。」

「棺……棺材？」

「我們的慣例是等『多克』驗屍完畢後，就將屍體移入棺材。對了，『多克』是飯店的專屬醫師。」

「那為什麼要做成長椅的形狀……」

「在飯店內運送屍體時，為了避免其他客人發現，需要進行偽裝，畢竟我們不希望外人得知這裡發生命案。至於這副棺材，是今天早上才送來的試驗品，連飯店員工都嫌醜。」

桐生一邊解釋，一邊觀察我的反應。看來，她是想透過讓我看屍體，測試我的情緒變化。

——據說，這兩年土井瘋狂愛上三溫暖，簡直把三溫暖看得比擔任組織老大的工作更重要。

雖然土井並未積極推廣這項嗜好，但由於他在組織內頗有人望，「艾奇德娜」和下層組織「克爾柏洛斯」內掀起一股前所未有的三溫暖熱潮。洗三溫暖的時候，必然會處於放鬆狀態，於是給了凶手可乘之機。

我抬起頭，瞪著桐生說道：

「你們審問我，只是在浪費時間。」

「即使殺害土井先生的人是山吹，也跟你無關？」

這驚人之語聽得我瞠目結舌，說不出話。

真的假的？不過離開我的視線短短幾個小時，那傢伙居然在阿姆雷特大飯店裡殺了人？

「那……山吹被逮住了嗎？」

我急切地追問，桐生苦笑著回答：

「雖然還沒抓到人，但可以確定他在別館裡。因爲山吹曾試圖逃離別館，不過失敗了。阻止他逃走的人就是你，你還記得嗎？」

我阻止他逃走？

仔細回想，後腦杓遭受重擊之前，我確實追著山吹，衝進別館的入口。當時他慌張地跑進通往高樓層的直達電梯。就結果來看，我的行動竟成了阻止他逃脫的關鍵。

「那是下午三點多，當時土井大哥就已遇害了？」

桐生微微點了點頭。

「下午兩點三十五分，土井先生進入空無一人的三溫暖設施。七分鐘後，山吹跟著進入。到了兩點五十七分，山吹若無其事地走出來，搭上電梯。」

爲什麼桐生能夠如此精準掌握土井及山吹進出三溫暖設施的時間？我有些驚訝，隨即恍然大悟。

「你們的三溫暖設施……裝了監視器？」

聽我這麼問，桐生沉吟半晌才開口：

「監視器只裝在設施外的櫃檯。唔，到底該讓你知道多少，可眞難拿捏。也罷，反正這是所有會員都知道的事，算不上什麼祕密，告訴你也無妨。」

桐生拖來一張折疊椅坐下，詳細說明：

「我們的會員證內嵌防僞與身分識別用的ＩＣ晶片。所有進入別館的客人，都必須出示會員證。當系統讀取ＩＣ晶片時，就能準確記錄誰在何時進館。」

以別館嚴防外人闖入的方針來看，這樣的規定似乎合情合理。

「此外，ＶＩＰ房客專用的高樓層直達電梯，以及高樓層內的三溫暖設施，使用前都必須出示ＶＩＰ會員證，由系統讀取ＩＣ晶片。」

這讓我想起山吹逃往高樓層時的情景。

進入直達電梯前，山吹曾與飯店工作人員交談。當時他的手被身體擋住，我看不見他的手部動作，但應該是出示了ＶＩＰ會員證。

限制非ＶＩＰ客人進入直達電梯是可以理解的，但三溫暖設施也要求刷卡，我有些意外。或許是客人使用三溫暖期間會處於放鬆狀態，飯店方面必須確保他們的安全吧。

「直達電梯裡沒裝監視器嗎？」

桐生搖了搖頭。

「本飯店的經營方針相當特殊。由於客人全爲犯罪者，在他們強烈要求下，我們必須盡可能保護個人隱私。不管是客用電梯內部，或是客房外的走廊，都沒有裝設監視器。」

「原來如此……」

桐生再次回到案件本身，說道：

「山吹於下午兩點五十七分離開三溫暖設施，三點八分另一位房客進入，此人就是第一發現者——他姓北野，是土井先生的朋友。瀨戶，你認識嗎？」

「不認識。」

如果把我們的組織比喻爲一般企業，土井相當於母公司的社長。像我這樣的基層員工，自然不清楚社長的私人交友圈。

「那我稍微說明一下，北野是個無所屬的情報販子。他是三溫暖新手，在三溫暖專屬工作人員的引導下進入設施……兩人一起發現了土井先生的屍體。」

土井的屍體倒在休息區的躺椅上。

遭受攻擊時，土井似乎曾嘗試反抗，因此周圍的桌子凌亂不堪，牆上掛著的電波鐘也掉了下來，時間停在下午兩點五十六分。這很可能就是犯案時間。

桐生接著說明：

「北野與三溫暖專屬工作人員進入三溫暖設施的時間，有VIP會員證的使用紀錄及三溫暖櫃檯監視器的雙重證據。而且三溫暖專屬工作人員從下午兩點三十五分到三點八分，一直待在櫃檯內，這點也藉由監視畫面確認完畢。」

「原來如此。除了土井大哥和山吹之外，當時三溫暖設施內沒有其他人。最後只有山吹走出來，看來他的嫌疑最大。」

山吹在別館大門口轉身逃走，多半是心虛。

我不禁皺起眉頭。

「但我還是不明白，爲什麼山吹一看到我，會選擇退回別館內？」

當時我即將被桐生和警衛壓制，按常理來想，山吹應該趁機逃出去才對。

「多半是因爲你的服裝吧。」

桐生笑著答道。我這才意識到自己還穿著別館工作人員的制服。

「啊，原來如此，山吹以爲我是飯店員工。」

「山吹看到穿制服的你朝他奔去，多半以爲事跡敗露。別館出入口已遭到封鎖，於是他不敢再往外逃，只好搭電梯返回高樓層。」

——理由眞的只是這樣？

當時如果只有我一人朝山吹奔去，他或許多少還能冷靜判斷情況。但我的身後緊跟著飯店偵探桐生。山吹想必是以爲桐生帶人來抓他，才會嚇得落荒而逃。

我輕輕嘆了口氣，說道：

「恐怕……這是一次突發性的犯罪行爲。」

山吹剛拿到呑尾蛇鑰匙圈，不久後，他就能從及川家親戚手中獲得一筆可觀的報酬。在這樣的時間點，他竟打破了阿姆雷特大飯店的禁忌，實在沒什麼道理。

飯店老闆雙手抱胸，點了點頭。

「山吹和土井先生在『艾奇德娜』組織裡，一直是掌權者與傀儡的關係。雙方之間必定積累了不少新仇舊恨，最後爆發激烈的爭執，山吹才會一時衝動下手行凶。」

我目不轉睛地看著老闆，懷抱著一絲期待問：

「既然如此，你們遲早都會抓住山吹吧？」

如果這真是一場突發性犯罪，山吹也只是走一步算一步，很快就會落網。這麼一來，鑰匙圈可能會落在桐生等人手上，但總比山吹帶著鑰匙圈銷聲匿跡要好得多。

然而，老闆和桐生互望一眼，表情都有些無奈。

「現在事情變得有些棘手。我們的人在別館內搜索了一個多小時，仍找不到山吹的蹤影。」

我驚訝得瞪大眼睛，「什麼？你們真的仔細搜索了嗎？」

「當然。我們派出所有人力，從客房到員工專區，以及餐廳之類的所有設施，全都查遍了……山吹彷彿從這棟建築中憑空消失。」

「你們一定漏掉了什麼地方！」

「不可能。」

桐生說得斬釘截鐵。

「除了靠肉眼尋找，我們還使用紅外線體溫偵測裝置檢查所有牆壁與天花板，絕不可能有任何疏漏。」

我自暴自棄地笑了起來。

「既然如此，只能接受最糟的結論：山吹已成功躲開監控，逃出別館。」

這明明是唯一的答案，桐生卻頑固地搖頭說：

「不，山吹一定還在別館內，發現屍體的當下，我就下令封鎖別館所有的出入口。那是在山吹搭直達電梯前往高樓層的十分鐘後。」

聽著她的話，我一時啞口無言，但我旋即反駁：

「既然封鎖之前，還有十分鐘的空檔，山吹要逃走時間上應該綽綽有餘。」

「我剛剛說過，高樓層只有VIP會員才能使用。」

「嗯。」

「爲了限制非VIP會員進入高樓層，低樓層的樓梯與高樓層的樓梯並不互通。而且無論是客用直達電梯或員工專用直達電梯，設計上都只能停在十樓以上的高樓層和一樓大廳，無法停靠其他樓層。」

我思索片刻後，說道：

「也就是說，要離開高樓層，無論如何必須先搭電梯到一樓大廳？」

「沒錯，實施封鎖前的十分鐘內，搭客用或員工專用直達電梯到達大廳的共有五人，其中並不包含山吹。」

「山吹穿著非常醒目的紅色騎士夾克和花襯衫，或許他脫下衣服，假扮成別人？」

「不可能。這五人當中，有三位是客人，在館內完成封鎖前一直留在大廳休息區，監視器能證明這一點。另外兩人是員工，他們立刻與其他同事會合，也沒有離開別館。」

聽到這裡，我只能同意桐生的主張。

「這麼說來，在完成封鎖的當下，山吹必定還在高樓層。」

「沒錯，山吹為什麼會從嚴密封鎖的別館內消失……我們一定要找出答案才行。」

我的立場也一樣。為了幫阿莉亞奪回吞尾蛇鑰匙圈，無論如何我必須解開這個謎。

就在這時，有人敲響了辦公室的門。

那是謹慎有禮的敲門聲，在緊繃著神經的我聽來卻異常刺耳。

門開了，走進一名戴著銀框眼鏡的男人。

我愣了一下，才認出他是水田。因為他的髮型亂了，臉上掩不住疲憊之色，與第一次見面時判若兩人。

他走到老闆身邊，低聲報告：

「別館已封鎖超過一個半小時。起初還算合作的房客，都漸漸鼓譟起來。員工恐怕無法再安撫他們的情緒，隨時可能爆發大規模的衝突。」

我震驚地瞪大眼睛。

仔細想想，這家飯店的房客多是凶惡的犯罪者。飯店強硬封鎖出入口，後果不堪設想。

只見水田穿著防彈背心，手持衝鋒槍。顯然沒有這些武裝，難以達到震懾房客的效果。

老闆眉頭緊鎖，問道：

「還能撐多久？」

「大概三十到四十分鐘。」

外頭隱約傳來爭吵聲，看來已有不少房客與員工發生爭執。水田左手撥了撥頭髮，勉強擠出微笑：

「我會繼續請客人配合。」

水田說完，帶著槍走出去。

此時已接近下午五點，老闆看著牆上的掛鐘，喃喃說道：

「四十分鐘……山吹在我的飯店裡殺了人，如果讓他逃脫，阿姆雷特大飯店可就名譽掃地了。桐生，你明白其中的嚴重性吧？」

原本溫和穩重的老闆，話聲變得異常低沉。不愧是犯罪者專用飯店的經營者，散發出一股懾人的氣魄。桐生目不轉睛地盯著門口，半晌後才轉身答道：

「四十分鐘，應該足夠了。」

她頂著一張撲克臉，態度令人捉摸不透。既像在虛張聲勢，又像是勝券在握。她坐回摺疊椅上，對著我說道：

「眞是抱歉，告訴你這麼多事，耽誤你不少時間。但現在你應該明白，我們跟你一樣，想要盡快抓住山吹。換句話說，我們的利害關係是一致的。」

直覺告訴我，她並沒有騙我。

況且我也明白，如果想要取回鑰匙圈，除了相信這名飯店偵探並提供協助，已沒有其他辦法了。

「可是我眞的不知道山吹在哪裡，也沒有什麼有用的線索。」

我有氣無力地說道。此時，桐生露出意味深長的微笑。

「關於山吹的下落，其實我有一些猜測，只是某些細節實在兜不攏，像在挑戰一幅缺了碎片的拼圖。」

聽到這番話，我不禁嚥了口唾沫。

「我只要告訴你追趕山吹的理由，就能夠幫忙找到缺少的拼圖碎片？」

「不無可能。」

——沒有時間猶豫不決了。

我深吸一口氣，決定全盤托出——除了阿莉亞的名字之外，應該沒什麼大不了。

「我的目的是奪回一個眞皮鑰匙圈。山吹把它……」

＊

我滔滔不絕地說出事情的來龍去脈。

木庭遭人綁架，車鑰匙、護身符以及吞尾蛇鑰匙圈都被搶走，爲了奪回鑰匙圈我企圖潛入別館……全都說得清清楚楚。

不知爲何，桐生的神色愈來愈難看。我沒有勇氣詢問原因，只能不斷說下去。

就在我提到自己躲入載送布巾類品的貨車時，又有人敲響辦公室的門。

我可以確定不是水田，因爲水田的敲門聲較節制，這次的敲門聲較粗魯且大膽，難道是房客想衝進來找人理論？

正當我惴惴不安時，一個態度輕浮的金髮男人開門走進來。

「檢查完畢了。」

男人說道。這個人不管是服裝還是氣質，都像極了牛郎。不過他披著白袍，眞實身分或許是研究員或醫師。搞不好就是桐生提過的飯店專屬醫師。

「多克，結果如何？」

桐生面帶愁容地問道。多克舉起一個小透明夾鍊袋。袋裡有微量的黑色粉末。

「正如你所說，我們在焚化爐裡發現VIP會員證的灰燼。」

「果然……」

起初我完全聽不懂他們在說什麼，連老闆也是一臉疑惑，似乎還沒收到報告。

焚化爐？聽到這個詞，我登時想起這家犯罪者專用飯店裡，據說設有能將屍體焚燒到完全消失的超高溫焚化爐。

想到這裡，我不禁打了個冷顫，同時大喊：

「原來『火葬』是這個意思！」

回過神來，只見桐生目光銳利地盯著我。

「瀨戶，你是在哪裡聽到關於火葬的事？」

「呃，我躲在布巾類品之間時，聽到搬運人員的對話。他們說今天有位東大路女士過世了……那位客人不希望讓任何人知道，想要在別館靜靜走完人生最後一程。」

一般情況下，員工應該不會隨意談論房客的隱私。或許是在員工專用的貨物搬運通道，他們比較放鬆，才會聊到這類話題。

「當時我聽到員工說『我們的火葬方式可是連骨灰都不會留下』，那位東大路女士就是透過傳聞中的超高溫焚化爐進行了火葬，是嗎？」

聽我這麼說，多克頗感興趣地應道：

「你身為闖入者，為什麼會在意這種事？算了，也罷。東大路女士是在封鎖別館的前一刻火化完畢。這些ＶＩＰ會員證的灰燼，就是在火葬後找到的。」

多克低頭看著裝有黑色粉末的小袋子，接著說：

「我們的焚化爐雖然厲害，但會員證的ＩＣ晶片中含有的部分金屬仍會殘留下來。只要仔細分析這些殘留物，就能分辨出燒毀的是一般會員證還是ＶＩＰ會員證。」

我垂下頭，咬著嘴唇陷入沉思。

儘管隱約明白發生了什麼事，但我打從心底希望自己的推測是錯的。我懷著最後一絲希望，期待桐生否定我的可怕推測。

「燒毀的是東大路女士的會員證，對嗎？」

「不，東大路女士的會員證早就回收了，目前還在我手上。不僅如此，我確認過，別館內所有VIP會員都持有自己的會員證。由此可知，燒掉的……是山吹的VIP會員證。」

果然，我的推測沒錯。

「那麼，事情應該是這樣吧？東大路女士在房裡過世後，遺體被移入棺材，暫時放在走廊上。而且那口棺材的外觀，跟眼前的一樣，完全看不出是棺材。」

我望向裝著土井屍體的棺材，外表看起來只是一張長椅。

桐生神情苦澀地點了點頭。

「沒錯，負責搬運東大路女士的遺體是兩名員工。就在他們將棺材搬到十樓的客房外時，十三樓的酒吧突然發生爭執事件，兩人臨時被派去調解糾紛，不得不暫且離開。他們說調解糾紛只花了五分鐘左右，這段期間棺材一直放在走廊上。」

根據員工的說法，因爲外觀看起來像長椅，他們判斷短暫離開應該沒問題。

我低聲說道：

「趁著員工轉身離開的五分鐘空檔，山吹逃回高樓層。他抱持死馬當活馬醫的心態，拚命尋找藏身之處，於是注意到走廊上那張長椅。雖然山吹擅長偷的是汽車，但依據多年行竊的經驗，他看出長椅中有暗格。掀開椅面後，他發現裡面是東大路女士的遺體。」

想起初山吹肯定是大吃一驚，不過他很快想到，這是逃出生天的好機會。我舔了舔嘴唇，繼續道：

「或許山吹推測那口棺材會被搬出別館，也或許山吹只是需要暫時躲藏的地方，於是他鑽入長椅中，躺在遺體上方，然後闔上椅面。」

光是想像有人和屍體同處在狹小的棺材中，我就感到毛骨悚然。

然而，面對屍體時，不少犯罪者的感覺早已麻木，既不恐懼也不排斥。何況山吹已走投無路，做出那種舉動並不令人意外。

多克皺起眉頭，語帶憐憫：

「那口棺材本來只能容納一人。一個活人和屍體一起擠在那種狹窄的地方，還闔上蓋子，裡面肯定被兩具身軀塞得密不透風，連正常呼吸的空間都沒有了吧？」

「我也這麼想。山吹在棺材中窒息昏厥，於是連同棺材一起被員工搬走了。」

眼前裝著土井的棺材，放在附有輪子的平台上。

當初員工搬運東大路的棺材時，應該也是放在類似的台車上。如此一來，雖然多了一個人的重量，但員工可能不會察覺。

——剛才桐生還提到一件事。

封鎖別館前，有兩名員工利用直達電梯前往大廳。搬運東大路棺材的就是他們吧。所有拼圖碎片完美嵌合，我忍不住打了個寒顫。

最後，老闆輕聲嘆道：

「山吹活生生被送進焚化爐燒死了？」

可怕的烈焰，將東大路和山吹的肉體連同衣物燒得一乾二淨。山吹的ＶＩＰ會員證、別館的房門鑰匙，還有那個呑尾蛇鑰匙圈，全都付之一炬。

只殘留少量黑色粉末。

——這個結局實在太諷刺，也太令人絕望了。

不知不覺中，快要五點二十分了。

不過對我而言，時間已無關緊要。我和阿莉亞永遠沒機會奪回呑尾蛇鑰匙圈了。

老闆神情沉痛地凝視著我。

「鑰匙圈也被燒掉了，我只能說非常遺憾。總之，山吹消失之謎解開了。我必須盡快解除封鎖。」

就在這時，身旁響起一陣苦澀的笑聲。

「不，山吹並未被火化。」

在場眾人都望向桐生。我代爲提出共同的疑問：

「如果山吹沒有被火化，他現下在哪裡？」

「瀨戶，聽了你的描述，我更確定山吹已不在別館內。」

這句話顚覆了所有的前提，我甚至忘記自己仍被綑綁著，湊上前去。

「你的意思是，那傢伙逃出去了？那鑰匙圈還安然無恙，是嗎？」

我的身體差點跟著椅子一起翻倒，桐生一把扶住，不曉得從哪裡取出一把小刀，將綁著我的繩索割斷。不知為何，她臉上的鬱悶之色不減反增。

「半吊子的希望，比絕望更加殘酷，所以我不打算說出任何樂觀的預測……我不清楚鑰匙圈的下落，但很可能跟山吹的VIP會員證一起燒掉了。」

「不……不會吧……」

我甚至忘了繩索造成的手腕疼痛，雙腿一軟，跪坐在地上。桐生恢復成撲克臉，說服自己般說道：

「為了釐清眞相，現在只能繼續推理。」

桐生俯視著土井的屍體。他整副身軀依然只用浴巾蓋著下腹部。

「三溫暖休息區的電波鐘停在兩點五十六分。假定那是犯案時間，意味著土井先生在兩點三十五分進入三溫暖設施，五十六分就已坐在休息區。」

「看起來沒有什麼不合理的地方。」

我下意識地反駁。

雖然我對三溫暖並不十分瞭解，但「克爾柏洛斯」成員之間流行洗三溫暖，我至少知道基本流程是先進三溫暖室，再洗冷水浴，然後才去休息區。再加上最初需要脫衣與清潔身體，時間上並不奇怪。

桐生瞇起眼睛，說道：

「不合理的是山吹的行動。如果犯案時間是兩點五十六分，而他在兩點五十七分就若無其事地離開三溫暖設施，走向電梯——短短一分鐘內，他怎麼可能殺了人，還穿好衣服走出去？假如是突發性的殺人行爲，照理來說多少會有一些慌張。」

「確實有道理……」

多克不知爲何露出狡詐的笑容：

「山吹在三溫暖設施裡一定沒有脫衣服，當然也不用花時間穿回衣服。」

我以爲多克是在開玩笑，沒想到桐生卻一臉正經地點頭回應：

「沒錯，山吹犯案後必須盡快離開別館，於是選擇不脫衣服——從一開始他就沒打算洗三溫暖，殺害土井先生是他的唯一目的。」

我不禁大喊：「不，不可能！那肯定是突發性犯案！他的身影被監視器拍得一清二楚，還有櫃檯員工作證，他要怎麼脫罪？天底下不會有人採用這麼愚蠢的謀殺計畫！」

「沒有辦法脫罪，也是計畫的一部分。」

桐生說道。我愈想愈覺得不合理，再度反駁：

「如果殺害土井大哥是唯一目的，山吹應該一進三溫暖設施就下手才對吧？他是在兩點四十二分進入三溫暖，只比土井大哥晚七分鐘而已……爲什麼要等將近十五分鐘後，到了兩點五十六分才動手？」

「因爲他不想在高溫潮濕的三溫暖室或冷水浴池裡下手，他在等土井先生移動到涼爽的休息區。」

「什麼？」

我驚訝得瞪大雙眼，桐生露出有些同情的表情。

「瀨戶，你今天不也戴著黑色假髮到處跑？應該深刻體會到『汗水是喬裝易容的大敵』吧，這在犯罪業界幾乎可說是常識。」

霎時，我感覺腦海爆出一陣轟然巨響，簡直比後腦杓遭受攻擊時更加強烈。

「你的意思是，他不想流汗，所以避開高溫潮濕的環境？莫非殺害土井大哥的不是山吹，而是僞裝成山吹的某個人？」

桐生點了點頭，理所當然地說道：

「眞正的山吹總是穿紅色騎士夾克與夏威夷花襯衫，那種醒目到可笑的裝扮十分易於變裝。服飾特徵愈鮮明，愈好僞裝。」

黑框眼鏡，絡腮鬍，髮型有如戴著圓滾滾的安全帽，腳下踩著破舊的木屐——我曾嘲笑山吹的裝扮是「會走路的時尙突變體」，可見我的注意力完全被他的穿著打扮吸引了。

「可是，凶手持有ＶＩＰ會員證，不是嗎？而且檢查ＩＣ晶片時，也確認過是山吹本人吧……」

我以爲找到推理的破綻，沒想到桐生卻吃吃地笑了起來。

「瀨戶，關於ＶＩＰ會員證的部分，是你給了我靈感。」

「咦？」

「真正的山吹平常刻意穿奇裝異服，是為了方便偽裝成他人。他擁有數個不同身分，其中之一正是木庭有麻。」

什麼？木庭就是山吹本人？我聽得啞口無言。桐生露出遙望遠方的眼神，說道：

「其實山吹倒也不是極力想隱瞞『木庭就是山吹』這件事。將『木庭有麻』的英文拼音『KIBAYUMA』重新排列組合，就會變成『山吹』的英文拼音『YAMABUKI』。」

事已至此，我連半句反駁的話都說不出來了。

盯上阿莉亞的二十億圓遺產，從她手中騙走呑尾蛇鑰匙圈的人，自始至終都是山吹。他偽裝成外貌平凡的「木庭有麻」接近阿莉亞，然後以撈點零用錢般的心態向阿莉亞勒索五百萬圓，並慫恿及川家親戚發動突襲檢查。

我一直以為木庭是另一名惡棍，絲毫沒意識到那個人就是山吹。

桐生嘆了口氣，繼續道：

「說穿了，假扮山吹的人綁架『木庭（真正的山吹）』，並不是為了奪取鑰匙圈。凶手真正的計畫，是綁架山吹本人，奪走他的ＶＩＰ會員證，再殺死土井先生，讓山吹揹黑鍋。」

在阿姆雷特大飯店裡犯下殺人罪，飯店偵探就會展開調查。凶手想要成功逃脫，必須安排一個代罪羔羊，吸引飯店偵探的目光。

「原來是這麼回事……」

我應道，桐生沉重地點了點頭。

「凶手僞裝成山吹的模樣，持著他的ＶＩＰ會員證在別館辦理入住。憑藉那突兀的外觀加上眞正的ＶＩＰ會員證，櫃檯人員根本沒察覺他是冒牌貨。」

回想起來，假山吹進入別館時，水田和警衛的注意力都集中在我這個闖入者身上。或許這也是假山吹能順利逃過追補的原因。

桐生繼續道：「不久後，凶手尾隨土井先生進入三溫暖設施，等他進入休息區才動手殺人。屍體被人發現前，凶手急著逃出別館……」

凶手從頭到尾都僞裝成山吹的模樣。在飯店的ＶＩＰ會員證與監視器紀錄上，顯示的都是山吹殺了土井。如果凶手成功逃離別館，永遠不會有人懷疑到他的頭上。

我苦笑著說：「沒想到半路殺出我這個攪局的人，假山吹不得不退回別館內。」

「沒錯，就是這麼回事。你這麼一攪局，凶手以爲土井先生的屍體比預期中更早被人發現，飯店已封鎖別館出入口，要捉拿山吹，凶手只好放棄逃走，躲起來並卸下僞裝。」

「凶手恢復原來的樣貌，以躲避飯店人員的追緝，是嗎？」

桐生停頓了一下，眼神變得異常銳利，接著道：

「想要盡快逃出別館，往高樓層移動是不智的決定。因爲搭直達電梯前，必須出示ＶＩＰ會員證。而且能夠進出高樓層區的人不多，一旦出了什麼事，很容易就被鎖定。照理來說，凶手應該立刻逃往低樓層。」

聽到這裡，我驚訝得瞪大眼睛。

「凶手原本像是要進入通往低樓層的電梯，卻突然改變主意，踏進直達高樓層的電梯。到底是什麼讓他改變主意？」

老闆雙臂交抱，開口說道：

「凶手是以山吹的身分住在十二樓的一二〇九號房，會不會是打算回房卸下偽裝？」

桐生斬釘截鐵地否定了這種可能性。

「凶手誤以為我們已開始捉拿山吹，當然會認為山吹住的客房也在搜索範圍內。所以犯案的十四樓，和山吹的客房所在的十二樓，應該都是凶手想避開的樓層。」

眾人陷入沉默，沒有人明白凶手為什麼會選擇弊大於利的高樓層。

半晌後，桐生豎起食指，出聲道：

「首先，如果凶手是飯店員工，前往高樓層有何好處？飯店員工對館內空房、沒什麼人使用的廁所、倉庫等無人區域瞭若指掌，工作期間又持有萬能鑰匙，能自由進入客房。換句話說，他能夠輕鬆找到藏身處，完全不需要冒著風險前往高樓層。」

「由此看來，凶手並非飯店員工，而是飯店的房客？」

我這麼說道。桐生輕笑一聲，回應：

「如果是真正的房客，選擇高樓層可能有好處，例如……凶手早已用本名住在高樓層的客房。」

既然凶手是眞正的房客，只要回到自己住的客房，就能安心卸下僞裝。

想到這裡，我倒抽一口氣，說道：

「這麼說來，東大路女士的棺材曾暫時擱置在十樓的走廊上，不是嗎？」

從發現VIP會員證灰燼一事可推斷，凶手把山吹的會員證放進棺材裡。

桐生微微頷首應道：

「當時凶手急著回到自己住的客房卸除僞裝，想必沒有餘裕在其他樓層停留。換句話說，凶手很可能就住在十樓。他搭電梯直接到了十樓，在走廊上偶然看見東大路女士的棺材。」

我想像著那幕情景，微微打了個寒顫。

「就算卸下僞裝，凶手仍持有山吹的VIP會員證與一二〇九號房的鑰匙，當然還有包含那件鮮紅色騎士夾克在內的僞裝道具，這些物品都成了燙手山芋。」

凶手潛逃失敗，必然懼怕飯店方面下令檢查房客的隨身行李。

一頂假髮或許還能想個理由搪塞過去，但山吹的會員證、客房鑰匙和騎士夾克可就不行了。這些物品一旦被發現，凶手只有死路一條。

多克將裝有黑色粉末的夾鍊袋放在桌上，喃喃低語：

「凶手發現了東大路女士的棺材，想必認爲這是銷毀各種證據的絕佳機會。他相信任何東西只要在我們的焚化爐裡一燒，就什麼也不會留下。」

桐生看著袋裡的灰燼，點了點頭。

「我也這麼猜測。就算運氣不好，在火化前有人打開棺材，頂多只會認爲是山吹本人丟下這些物品後逃逸無蹤，怎麼樣也不會懷疑到眞凶的頭上。」

多克露出苦澀的笑容。

「最後，東大路女士的棺材直到火化都沒再打開。ＶＩＰ會員證、客房鑰匙等等全都燒掉了。」

聽到這句話，我不禁垂下頭。

現在我明白桐生爲什麼會說「鑰匙圈很可能跟山吹的ＶＩＰ會員證一起燒掉了」。凶手想要拋棄山吹的所有物品，沒有理由單獨留下鑰匙圈。

桐生歸納結論般接著說：

「關鍵在於，棺材的外觀是一張長椅。一般情況下，走廊上有張『待運送的長椅』，路過的人大概只會直接走過去，不會留心觀察。何況，當時凶手急著回房卸下僞裝，爲了避免遭到目擊，不可能在走廊停留太久。」

的確，若不是拚命尋找藏身處，通常不會對這種來歷不明的東西出手吧。

此時，老闆納悶地揚聲道：

「難不成……凶手原本就知道那長椅是棺材？」

「沒錯，還有一個重點。凶手冒著被人看見的風險，逗留在走廊上，把包含ＶＩＰ會員證在內的所有東西都丟進棺材——若非確信棺材即將被火化，能一次消滅所有證據，凶手絕不會冒這個風險。」

聽了桐生的回答，老闆搖頭說道：

「不可能，這種款式的棺材是今天早上才送來的試驗品，房客不可能事先知道。」

桐生並未回應，像在傾聽著什麼聲音。老闆沒留意到桐生的變化，自顧自地說著：

「而且東大路女士希望在無人知曉的情況下平靜辭世，所以我們盡量滿足她的要求。東大路女士的死訊只有內部員工知情，沒有任何房客知道這件事……」

就在此時，走廊傳來一陣咒罵聲。

怒吼聲逐漸逼近，我緊張得全身僵硬。從水田回報到現在已過四十分鐘，飯店工作人員沒辦法安撫房客的情緒了吧。

在這樣的狀況下，桐生卻笑嘻嘻地站了起來。她半邊身子探出門外，朝走廊上招手。

「嗨，西尾先生，你特地跑來這裡抱怨嗎？」

我的心頭一驚。

「西尾」這個姓氏，今天似乎在哪裡聽過……對了，當初我躲藏在布巾類品的推車裡，搬運人員曾提到這個人！

走廊上一片靜寂。只聽得見桐生的皮鞋聲，與帶著笑意的話聲。

「怎麼了？你爲何這麼慌張？像是有什麼得趕緊逃離別館的理由似的。」

桐生踏上走廊的瞬間，我透過門縫看見一個年輕男人。長得英俊帥氣，五官卻因恐懼而歪曲，沒有一點血色。

——那就是西尾嗎？

根據搬運人員的閒聊內容，今天早上東大路在自己住的客房昏厥，得到隔壁客房這名「帥哥」的幫助。東大路還感激地說「臨死前能被隔壁客房的帥哥幫了一把，實在是人生中的美好回憶」。

西尾住在東大路的隔壁，當然是十樓的房客。

而且因爲他曾幫助死者並受到感謝，飯店員工理所當然會向西尾解釋一些狀況吧？也就是說，東大路的死訊、遺體被放入棺材、即將在飯店內火化，這些事他可能都知情。

沒錯，凶手應具備的一切條件——西尾全都符合。

＊

「不好意思，花了點時間檢查西尾的隨身行李。」

約莫十分鐘後，桐生才回到辦公室。

——這段期間，走廊上發生了什麼，我並不清楚。

當我歸還別館員工制服時，似乎有人在門外大聲叫喊，被硬拖往其他地方。在江湖上行走，有些事情不要知道比較好，就算知道了也要立刻忘掉。

別館的出入口似乎已解除封鎖。

緊繃的氣氛完全消散，走廊傳來輕鬆的閒聊聲。老闆早已離開辦公室，多半是忙著處理後續的瑣事吧。桐生回來時，留在辦公室的多克推著土井的棺材走了出去。

此刻辦公室只剩下我和桐生。

「請問……鑰匙圈……」

我凝視著桐生的手，寄託人生中唯一的希望。

桐生握著車鑰匙、布製的紅色護身符，以及那枚呑尾蛇鑰匙圈。我雙腿一軟，癱坐在椅子上。

「啊啊，太好了。」

「你的運氣不錯，西尾把車鑰匙和鑰匙圈留在身上，沒有丟進棺材。」

桐生說著，嘗試將車鑰匙從鑰匙圈上取下，似乎不太順利。固定車鑰匙的雙層環扣大概很緊，不太好打開。看到她笨拙的模樣，讓我感覺到這位飯店偵探也不過是個普通人，有種親切感——但我永遠不想再成爲她的敵人。

我瞥了一眼掛在牆上的時鐘。

現在是五點四十五分，應該趕得上突襲檢查。我得盡快聯絡阿莉亞，好讓她放心。

大約過了三十秒，桐生成功取下鑰匙圈。她只留下車鑰匙，將其他東西遞給我。

「拿去吧，這是你的了。」

「真的不知道該怎麼向你道謝……」

我深深鞠躬接過，低頭望著手中的物品時，心裡卻有些困惑。除了鑰匙圈之外，還有那枚紅色護身符。

這一定是個誤會，我連忙解釋：

「抱歉，可能是我說明得不夠清楚。我想要奪回的只有眞皮鑰匙圈，並不包含這枚護身符……咦？」

回想起來，山吹的車鑰匙上，應該是掛著藍色護身符。此刻我手中的護身符，卻變成紅色。

桐生瞇起眼睛，看著護身符說：

「那是阿姆雷特大飯店別館的會員證。」

「咦？」

我一直以爲會員證是卡片，當場愣住。或許是我的表情太滑稽，桐生吃吃地笑了起來。

「這次的案件，如果沒有你提供線索，恐怕很難解決，所以這個會員證是我和老闆給你的謝禮。當然，要不要使用是你的自由。」

桐生說完，帶著我走出會議室。

走在走廊上，我一直低頭看著手裡的護身符。紅色袋子上寫著「闔家平安」。不管怎麼看，都只是普通護身符。

「爲什麼會員證是護身符的造型？」

「我們的飯店名爲『阿姆雷特』，就是英文的Amulet，也就是『護身符』的意思。自飯店開幕以來，會員證一直是護身符的造型，說穿了只是老闆的個人癖好。紅色的是一般會員，藍色的是VIP會員。」

聽到這番解釋，我感覺自己的臉色瞬間轉爲蒼白。

「這麼說來，山吹車鑰匙上那個藍色護身符，其實是VIP會員證？」

桐生注視著前方，點了點頭。

「沒錯。正因如此，我才會說『VIP會員證和鑰匙圈一起被燒毀的可能性很高』。既然都掛在車鑰匙上，如果其中一個被燒掉了，另一個當然也會被燒掉。」

我凝視著掌心的鑰匙圈——上頭的流水號及香尾蛇標誌，全和阿莉亞描述的一樣，毫無疑問是眞貨。

「眞是不可思議，爲什麼西尾只留鑰匙圈和車鑰匙在身邊呢？」

我本來以爲桐生也給不出答案，沒想到她隨即回道：

「可能有兩個原因。」

「兩個原因？」

「在西尾原本的計畫裡，他多半打算僞裝成山吹離開別館，之後再殺害綁來的山吹本人，布置成自殺或意外事故。這樣一來，謀殺土井先生的罪名將由山吹承擔，而且不用擔心洩密。飯店方面也會因爲嫌犯死亡，不得不放棄追查。」

我苦笑著說：「很典型的謀殺計畫……」

西尾藉由製造出「內鬨」的假象，在絲毫不引人懷疑的情況下，同時除掉「艾奇德娜」的老大與實際掌權者——削弱「艾奇德娜」的實力，西尾能從中謀取巨大利益？或者，西尾其實是一名殺手，從頭到尾都只是拿錢辦事？

我不打算深入追究，好奇心會害死人，知道太多未必是好事。

桐生似乎明白我的心思，點了點頭，接著說：

「接下來的部分，只是我的推測而已。西尾可能打算讓眞正的山吹在他的愛車裡『自殺』，劇本是『在逃亡中摔斷腿，意識到無法脫身後只好自行結束生命』。由於山吹對自己的愛車有著非比尋常的執著，在愛車中結束生命的劇本相當有眞實性。」

我也聽過山吹爲了替愛車拆除炸彈而受重傷的傳聞。如果有人告訴我，山吹選擇在愛車裡自殺，我或許會想「眞是符合山吹的作風」。

桐生搖晃著車鑰匙，繼續道：

「這應該就是山吹愛車的鑰匙。西尾雖然未能逃出別館，不過他研判飯店不可能一直封鎖出入口，打算等解除封鎖後就除掉山吹，並僞裝成自殺。到時他會需要這把鑰匙，所以一直留在身邊。」

離開飯店時，工作人員有可能會檢查隨身行李，但僅憑車鑰匙無法判定車主身分，西尾大概相信自己能輕鬆過關。

「可是，他沒必要連鑰匙圈都留在身邊吧？」

我皺起眉頭問道，桐生的雙眸流露笑意：

「關於這一點，你該好好感謝這枚鑰匙圈。」

我瞪著刻有呑尾蛇圖樣的鑰匙圈，納悶地問：

「感謝它？」

「說得更精確一點，是要感謝雙層環扣。」

聽到這裡，我恍然大悟，不由得笑了出來。

當初我想要從木庭身上偷鑰匙圈時，就覺得雙層環扣的設計很麻煩。剛才桐生也花了三十秒，才勉強將車鑰匙從鑰匙圈的雙層環扣上拆下來。

當時西尾在走廊上不能久留，隨時有可能被人看見。

在時間極爲緊迫的情況下，他考慮到飯店人員檢查隨身物品的風險，於是一把扯斷車鑰匙上那條繫著藍色護身符（山吹的ＶＩＰ會員證）的細繩，丟進棺材裡。這個動作一瞬間就能完成，然而要取下呑尾蛇鑰匙圈卻相當麻煩。西尾約莫試過，但很快就放棄了吧。

沒錯，雙層環扣大大改寫了命運，拯救了阿莉亞的人生。

或許這枚鑰匙圈眞的擁有帶來幸運的力量。

Episode
3

泰坦
殺人事件

「是啊，這飯店就是我的一切。」

諸岡緊握著萬寶路菸盒喃喃低語。他突然凝視著我，表情因情緒激動而扭曲變形。

「對不起，桐生，老是給你添麻煩。」

這裡是阿姆雷特大飯店的別館。

只有具備會員資格的犯罪者，才能夠進入飯店別館。這是個永遠不會驚動警察的特別場所，而諸岡正是這裡的老闆——他是我的直屬上司，同時也是阿姆雷特大飯店的創辦人。

「老闆，你應該知道，本飯店有著絕對不可違反的規則。」

聽我這麼說，諸岡輕輕笑了起來。

「我當然知道。

一，不得對飯店造成危害。

二，在飯店內不得傷人或殺人。

這兩項規則，都是身爲老闆的我親自決定的，如同我身上的血肉，再熟悉不過。」

只要嚴格遵守這兩項規則並支付相應的報酬，飯店別館的房客幾乎沒有得不到的服務。例如，只要打一通電話到櫃檯，就能輕易取得幾可亂眞的僞鈔、暗藏日本刀的手杖，或是由特種部隊退役者組成的保鑣團隊。

——這裡就像是受規則守護的犯罪者樂園。

我萬般無奈地接著說：

「如今那絕對不可觸犯的規則已被打破，飯店內發生了殺人命案，我身爲飯店偵探必須親自『處理』凶手。」

「處理」一詞其實經過了美化。

我的工作除了查明飯店內發生的案件，還得讓凶手付出代價。殺人者必須償命，而且必須死於相同的殺人手法……

諸岡望向遠方，點了點頭。

「目前阿姆雷特大飯店還能勉強維持平衡與秩序，正是基於『兩大鐵則』與『飯店偵探』的力量。唯有兩者同時存在，才能對那些隨時可能互相屠戮的犯罪者產生遏止效果。只要其中一方消失，這飯店就會步上滅亡之路。」

短短數小時內，諸岡彷彿蒼老數歲，但他的語氣依然堅定。

「你絕不能承認任何例外，即使凶手是我。」

我不禁閉上雙眼。

——不，老闆不可能是凶手。

我在心裡如此吶喊，然而現場狀況無情地顯示「除了諸岡以外，沒人能犯下此案」。

我深信老闆的清白，盡全力展開調查……可是，直到現在我仍無法打破眼下絕望的局面。

這一切都得歸咎於我的能力不足。

——眞的是這樣嗎？若凶手不是老闆，爲何他不肯說出所有眞相？

心底湧出的疑問，不斷在我的胸口迴盪。另一方面，「迅速處理諸岡」的呼聲此起彼落，彷彿早已看穿我心中的矛盾與糾葛。

沒有時間猶豫了。

我必須立刻做出決斷。依據那不容退讓的鐵則，貫徹身為飯店偵探的職責，決定是否要處決是阿姆雷特大飯店的創辦者與代表者，也是我的恩人的諸岡。

*

這一天，發生了太多不尋常的事情。

其一，是「禁區」開放。

阿姆雷特大飯店別館的十五樓，有一長期嚴密封鎖的區域。今天清晨，諸岡親手開放了那包含兩個房間與廁所的區域。

其二，是「七王」受邀齊聚別館。

「七王」是由五名犯罪業界一流高手所組成，包含軍火走私王、賭王、千王、毒王，以及黑暗會計師。雖然名為「七王」，卻只有五人，因為自從七王組成後，已出現兩個空席。

我的養父道家，原本也是「七王」成員。他離世後，這個位置就一直空著。

道家在世時被尊稱為「犯罪計畫王」，他設計出無數化不可能為可能的犯罪計畫，堪稱一門藝術。但他一向獨來獨往，未曾培養接班人，而且他的手法旁人難以模仿，所以他一死，沒人有資格接替他的位置。

而我是道家唯一收留並撫養長大的人。

——名義上道家老爺子是我的養父，實際上他將我訓練成一名殺手，總愛在我執行任務時處處刁難。

道家罹患肺癌去世，至今已過好一段時日。大約五年前住院後，他的健康狀況一直不見好轉，幾乎是在病榻上走完人生最後一程。

另一個懸空的席位，則是「盜王」。

往昔坐擁此位的是姓米本的業界大老，他也在大約五年前因病猝逝，其率領的組織後來被千王吸收了。

——犯罪業界人士的平均壽命只有五十年。

即使是在業界呼風喚雨，躋身「七王」之列，若不能在眾多勢力之間巧妙周旋，也會因敵對組織襲擊或內鬨背叛而喪命，幾乎沒有人能夠壽終正寢。

當然，「禁區」開放與「七王」齊聚有著密不可分的關係。

我打了個呵欠，咕噥道：

「睽違五年的……『出資者會議』？」

水田立刻低聲回答：

「桐生，你是第一次見證泰坦會議吧？」

水田是自飯店開幕以來就任職櫃檯的老員工，深受諸岡信任。今天他與我一起負責「泰坦會議」——也就是阿姆雷特大飯店「出資者會議」的保安工作。

「就我所知，『泰坦』不是希臘神話中的古老神族巨人嗎？」我說道。

水田推了推膠框眼鏡，頷首回應：

「沒錯，『七王』就像是犯罪業界的『巨人』。這些巨人齊聚一堂，與老闆共同決定飯店的經營方針，所以稱爲泰坦會議。」

這家飯店的創辦人是諸岡。

年輕時的他，是一名犯罪企業家，據說鼎盛時期幾乎掌控全國的走私交易。儘管累積巨額財富，僅憑諸岡一人之力還是無法打造出專爲犯罪者設立的飯店。

我嘆了口氣，接著說：

「畢竟『七王』是這家飯店最大的出資者，同時也是最大的生意夥伴兼協力者。」

阿姆雷特大飯店是犯罪者的樂園。

在這裡，不管是火力十足的槍械，還是羅浮宮的警備資料，幾乎所有服務都能提供。飯店能夠實現這一點，憑藉的是諸岡從前的人脈，以及「七王」的物流網與情報網。

犯罪業界雖大，唯有「七王」能夠干涉飯店的經營方針。

「話說回來，我現在才知道，封鎖了五年的禁區，原來是泰坦會議的舉辦場地。」

此時，我們置身於「禁區」內。

禁區中有一間高級會議室，被稱爲「泰坦大廳」，基本上只用於「出資者會議」。所以自從五年前舉行前一屆泰坦會議後，就一直嚴密封鎖至今。

我和水田待在會場的走廊上，負責出入口的保安工作。由於「泰坦大廳」有極佳的隔音效果，我們完全聽不到室內的討論聲。

水田低頭看了一眼手錶。

「休息時間結束了，會議後半場應該開始了吧。」

此時是下午五點半。

「出資者會議」從下午三點開始，預計晚上七點半結束，現在只進行到一半。

——目前爲止，我們的保安工作可說是相當枯燥乏味。

今天一大早，會場所在的這一整個樓層就禁止閒雜人等進入，電梯也設定爲不在此樓層停靠。我們持續監視走廊，確保走廊上一個人也沒有。

即使如此，水田仍是一副坐立不安的樣子。

「有什麼不對勁的地方嗎？」

我問道，水田給了我一個不置可否的微笑。

「沒什麼……我只是想起上一屆的泰坦會議。五年前的那場會議，休息時間我們還要送蛋糕和茶水進去，比這一屆忙碌許多。」

——大概是隨口胡謅的吧。

水田是個見過大風大浪的人，很少有什麼事能夠讓他的髮型和衣著出現一絲一毫的紊亂。此刻他卻如坐針氈，可見我們現下正處於暴風雨前的寧靜。

接著水田喃喃自語：

「我看這次還是別送蛋糕盤進去了，以免增加不必要的謎團。」

聽到這耐人尋味的話，我不禁感到困惑。阿姆雷特大飯店的蛋糕盤，統一使用直徑接近二十公分的白色平盤，比一般盤子略大一些。

——難道曾因蛋糕盤發生過什麼事？

我正想進一步詢問，水田卻搶先轉移話題：

「桐生，你應該也知道，這次的『出資者會議』並非由飯店經營方主動召開。」

「嗯，聽說是笠居先生提出強烈要求。」

笠居是「七王」中的軍火走私王。

他曾是諸岡的手下，諸岡退休時，全部地盤幾乎都由他繼承。笠居被選爲諸岡的接班人，昔日雙方應該有著深厚的信任關係，然而如今似乎變了調……

水田耳語般繼續道：

「你知道笠居先生執意召開會議的理由吧？」

「大致猜到了。笠居先生打算在泰坦會議上，提議關閉阿姆雷特大飯店，並試圖強行表決通過，對吧？」

如果飯店眞的被迫停業，包括我和水田在內，所有員工在業界都將失去庇護，流落街頭。但比起我自己，我更爲諸岡感到擔憂。

諸岡一天到晚將「阿姆雷特大飯店就是我的一切」掛在嘴上，不可能接受這種要求。

我望向出入口左側、通往泰坦大廳的那扇門。

——老闆在業界擁有廣大的人脈，應該不會輸給笠居吧。

同時，我的心中也有著無比的感慨。

「笠居先生做出如此決定的動機……是那件事？」

「嗯，恐怕是的。」

三個月前，飯店別館發生一起殺人命案。

在這個業界，「殺人」猶如家常便飯。然而，不幸的是，當時槍下的受害者是笠居深愛的妻子和女兒。

當天我就逮到凶手，只是……偵探永遠晚了凶手一步。不管我再怎麼迅速破案，不管凶手付出什麼代價，都無法讓已逝的生命復活。

那天笠居說過的話，至今依然在我耳邊迴盪。

「阿姆雷特大飯店受兩項鐵則保護，確實建立起一個安全地帶。但你們難道沒發現嗎？所謂的鐵則和這異常的飯店本身，不斷刺激著犯罪者那無底線的犯案欲望，導致犯罪手法愈來愈偏離常軌。」

我不禁苦笑。

——眞是諷刺，曾經身爲「殺手厄瑞波斯」，滿腦子只想著如何有效率地奪人性命的我，竟會爲這麼一句話而心驚膽戰。

「不管怎麼說，至少在現下這個地點，應該不可能出事。」

我幾乎是下意識地如此喃喃自語。

在諸岡的指示下，這次的泰坦會議已做好萬全的戒備。

首先，能夠進入禁區的人，只有諸岡與「七王」的五名成員，以及負責保安的我與水田，總共八人。

其他的工作人員，全都在禁區外執行警備工作。若加上駐守其他樓層的電梯大廳與緊急逃生梯的員工，人數超過了五十人。

——對外的防禦可說是固若金湯。

唯一的風險，只剩下出席泰坦會議的成員爆發衝突造成傷亡。不過，這種風險也已大幅降低。

我以只有水田聽得見的音量說道：

「畢竟所有與會者都接受了金屬探測的安全檢查。」

確定召開泰坦會議後，諸岡立即下令不得攜帶任何金屬物品進入會場。

當然，內含金屬零件的手機和手錶也不例外。

爲了確認參加者是否攜帶違禁品，我們在會場入口前設置金屬探測門與X光檢查儀，並準備小型金屬探測器。這些都是高性能設備，連鋁之類的非磁性金屬也能探測得到。

——此事已透過邀請函預先告知參加者。

因此會議當天，參加者必須先將手機和手錶交給手下，穿著不含金屬成分的衣物赴會。順帶一提，今天水田身爲工作人員，也換了一副不含金屬零件的眼鏡。

然而，有部分金屬物品被視爲例外，可帶入會場。

例如，殘留在體內的子彈碎片、骨釘、人工關節等無法取出的醫療器具，想不帶在身上也不行。這一點同樣事先告知了參加者，最終只有一人適用此一例外條件。

那就是老闆。

大約十五年前，諸岡捲入華人黑幫的鬥爭，導致左腿負傷，不得不進行膝下截肢。自此之後，他的左腿裝上義肢。

事實上，我也是來到這裡工作後，才得知諸岡使用義肢。

我相信諸岡必定經歷了血淚交織的復健過程。雖然是義肢，但他運用自如，就像身體的一部分。尤其在行走方面，可說是健步如飛，若非專業的醫療人士，恐怕不會察覺那是義肢。

另一方面，我們身爲保全人員，出於工作上的需要，也能將部分含有金屬的物品帶入會場。具體來說，就是手槍、手銬、無線電與小型金屬探測器。

我伸手拍了拍腰帶槍套內的手槍，接著說：

「除了老闆的義肢及我們持有的手槍之類，可以確定會場內沒有其他金屬物品。」

我能夠如此斷言，當然是有原因的。

就連平常開啓禁區進行清掃時，諸岡也擔心會有人偷偷夾帶手槍或匕首等武器藏匿其中，因此清掃工作是由飯店中最值得信賴的「清掃組」負責。

「清掃組」是負責清理案件現場的部門，無論再骯髒的房間，或是殘留大量證據的房間，他們都能在一小時內徹底清理乾淨。

即使是「清掃組」出動時，諸岡也會從地下室搬來X光檢查儀，確認清潔工具內是否藏有違禁物。清掃完畢後，他還會愼重核對清潔工具是否已全數攜出。

水田幾不可聞地低聲說：

「是啊，『清掃組』清理完畢後，我也親自拿著金屬探測器，徹底檢查會場每個角落，確認沒有可疑物品。」

這一切都是出於諸岡的指示。

過去幾天來，諸岡變得異常神經質，提出種種嚴苛的要求，幾乎可形容爲「金屬恐懼症」。

即使如此，水田仍語帶保留：

「就算是這樣，也不能完全確保會場不出亂子……」

「嗯，不管採取什麼措施，終究無法排除會場內一切可能成為武器的東西。」

對一流的殺手而言，飛花摘葉都能傷人，現場物品信手拈來都能成為武器。據說有人僅憑一條領帶，就瓦解敵人的一處據點。

「但也不必過於擔心，畢竟『七王』中並無殺手或打手，況且在這種場所製造事端，本就有失『七王』的風範。」

「七王」成員都是所謂的「智慧型犯罪者」。他們與那些毫無計畫性、短視近利的暴力事件可說是完全扯不上邊。

我接過話：

「他們就算想要殺人，也會避免在泰坦會議這種『封閉空間』犯案。在這種地方有人遇害，凶手必定在與會者當中，想要消滅證據也是難上加難。」

「不過到頭來，哪裡會發生案件，誰也說不準。」

水田這番話畢竟也是事實。

實際上，以往阿姆雷特大飯店不乏發生在「封閉空間」的案件。

例如，過去在某頒獎典禮上就曾發生毒殺案件。在某種意義上，眾目睽睽下，當時頒獎台等同與外界隔絕，形成一個「封閉空間」。

即使如此，凶手仍肆無忌憚地在頒獎台上殺人。

當然，凶手挑那個場合下手並非毫無理由，因為若不趁頒獎典禮時動手，難以殺害那名足不出戶的受害者。換句話說，凶手有特殊考量。

——但這次的情況截然不同。

首先，諸岡與「七王」都不是深居簡出的人。

再者，泰坦會議結束後，預定舉行交流酒會，「七王」的手下也會參加。此刻樓下的派對區，飯店員工正緊鑼密鼓地布置會場。

我瞇起眼低喃：

「就算『七王』中眞的有人暗藏殺意，也會選在飯店外下手，或者至少是在交流酒會上，那樣比較……」

突然間，會場深處一陣騷動，走廊轉角出現一男一女。

其中那名女性是杜，她匆匆向我招手，說道：

「飯店偵探，快跟我來！」

只見號稱「毒王」的她，竟雙唇發青，灰眸中明顯流露驚慌之色，我不禁倒抽一口氣。

「莫非出事了？」

杜身旁的男人——相羽，面無血色地點頭，說道：

「笠居被殺了。」

*

我以無線電通知會場外的工作人員，指示各出入口加強戒備。如此一來，凶手就算插翅也無法逃離會場。接著，我聯繫飯店專屬醫師多克，要他盡快趕來會場。

我看了一眼手錶，此刻正是下午五點三十五分。

杜在前方引路，步向走廊深處。她伸出塗著紫色指甲油的手指，指著一扇門。

「那間休息室就是命案現場。」

杜有著一頭絲綢般的雪白短髮，年紀還不到七十歲，或許屬於「少年白」的類型。她身穿黑色皮革夾克，圍著一條髒兮兮的圍巾，服裝風格也相當獨特。

有「毒王」稱號的她，一手掌控日本國內的毒品流通網絡。本飯店內的毒物與藥品，全靠她的組織供應。

站在杜身旁的相羽補充道：

「休息時間結束後，我們本來打算繼續開會，卻發現笠居遲遲沒現身。我們去休息室查看，發現了他的屍體。」

相羽一身正式的晚宴西裝，與打扮隨性的杜恰好相反。

開會的時候穿成那樣，似乎也有些古怪，但相羽的情況較特殊，晚宴西裝已是他最休閒的服裝。雖然年過半百，他卻像是精神抖擻的年輕小伙子。

身為「賭王」的相羽，掌控著日本國內所有地下賭場。

不過，經營賭場只是相羽的其中一項工作。他的組織的主要收入來源，是為富豪與犯罪者會員提供最刺激的「賭局」。

同時，他也是優秀的表演策畫者，兼任本飯店娛樂設施的總監。別館內的泳池、三溫暖以及賭場，皆出自相羽的設計，尤其是他為本飯店研發的「鳳梨蹺蹺板」賭局深受歡迎。

「各位，我把飯店偵探帶來了。」

相羽一邊說，一邊打開休息室的門。泰坦會議的參加者聚集在休息室內。

率先回頭的人是諸岡。那宛如肯德基爺爺般的鬍鬚底下，是緊抿的嘴唇。

陸奧站在他身旁，上下打量著我。

號稱「千王」的陸奧，在「七王」中算是穩健派，專長是詐騙與竊盜——「盜王」米本去世後，他接管了其組織，可說是聲勢驚人。儘管如此，陸奧平日吩咐手下做事，還是會要求手下別使用暴力，在不流血的前提下完成任務。

換句話說，陸奧的處事風格與犯罪者的本性背道而馳。

一般而言，想要在犯罪業界秉持這樣的立場做事，幾乎是不可能的任務。陸奧辦得到，憑藉的是卓越的情蒐能力。他在大企業、銀行，乃至政府機關的各個角落都安插了眼線。當然，陸奧的情報網，對本飯店也有莫大的助益。

休息室的深處，一名男子倒臥在地。

屍體旁，一名身穿黑衣的女子背對著我們，正跪在地上低聲禱告。她頭上的螺鈿簪子頗為眼熟。

相羽走過去，輕輕將手搭在黑衣女子的肩上。

「四之宮，先別禱告了……」

「好吧。」

四之宮悶聲回答，轉頭望向我們。

她在「七王」中年紀最輕，僅有三十五歲。眼神內斂，雙唇卻血紅欲滴，全身散發著陰鬱氣息。

她今天穿著寬領上衣和長褲套裝，由於都是黑色，給人一種穿著喪服的錯覺。棕色長髮隨意紮起，插著那支她愛用的簪子。

四之宮是所謂的「黑暗會計師」。

她的事務所面對任何犯罪組織都保持中立，因此博得犯罪者的信任。透過這種方式，她替那些從不相信任何人的犯罪者保管並運用現金與資產，在業界發揮著類似「銀行」的機能。

同時，她也是本飯店的財務顧問。

阿姆雷特大飯店的別館專供犯罪者使用，本館則接待一般顧客。能順利維持這種特殊經營模式，全靠四之宮的支持。

她凝視著我，說道：

「我四之宮已盡力保全案發現場，接下來就交給桐生了。」

她有時會以「我四之宮」自稱，這種獨特的說話方式常讓我搞不清楚她到底想表達什麼。不過她年紀輕輕就躋身「七王」行列，絕非浪得虛名。

我與四之宮交換位置，跪在屍體旁。

笠居仰躺在地上，胸口插著一把小刀。鮮紅血漬在雪白襯衫上不斷擴散。

——一刀刺中心臟？

我戴上手套，指尖貼在笠居的頸部，確認死亡後，輕輕觸摸那深入胸口的小刀。

小刀那突出傷口外的刀柄很細，長度約七公分，顏色是暗灰色。看來，刀刃與刀柄是一體成型的材質。

我不由得皺起眉頭。

「唔，這材質相當輕。」

從前當殺手時，我也會依不同情況使用各種材質的刀械，但如此輕盈的小刀極爲少見。

因爲刀子並非越輕越好。眞正好用的刀子，必須重量適中，且有著良好的重心平衡。

——這把小刀完全是爲了「暗中攜帶」的方便性而設計。

突然間，身後的水田發出「啊」的一聲驚呼。

我回頭一看，只見水田臉色發白，將金屬探測器挪近那把小刀。

刺耳的電子音傳來，我感到一股寒意竄上背脊。

「爲什麼會有金屬製的刀子？」

杜嘆了口氣，說道：

「我們才想問你呢。進入會場時，每個人都接受過金屬探測器的檢查，爲什麼還會發生如此荒唐的事情？」

我一時語塞，不知該說什麼才好。

我們依循諸岡的指示，盡了最大的努力，避免任何含有金屬材質的物品進入泰坦會議的會場。

清掃會場時，我們以X光檢查設備查驗清潔工具，並確認清掃完畢後，這些工具全數被帶出會場。接下來，水田還利用金屬探測器，將整個會場重新檢查一遍。

我低聲嘀咕道：

「我只能說，這是原本不可能發生的事。我們確認過會場內沒有金屬製的刀子，而且外人絕不可能將金屬製的刀子帶入會場……」

當然，剛才拿著金屬探測器接近刀子的水田，也沒有動什麼手腳。在我看來，他的一舉一動並無可疑之處。

我滿腹狐疑地低頭看著凶器。

——從這把刀的重量來推測，若是金屬製，恐怕是鈦合金吧。

我轉身朝眾人說道：

「我想再檢查一下各位的隨身物品。」

對於泰坦會議的參加者，我們已用金屬探測器檢查過一次。但當時並未深入檢查衣物內層，更沒有拉扯頭髮確認是否藏有違禁物。

這一次，我們的目的是搜尋證物。因此，我與水田皆戴上調查用手套，徹底檢查每個人的全身，絲毫不放過任何可能的線索。如今命案已發生，在飯店偵探的權限下，即使面對的是雄霸業界一方的人物，也可徹底搜查其身上物品。

一查之下，果然發現不少人攜帶開會並不需要用到的物品。

例如，諸岡將萬寶路菸盒藏在口袋裡。會場內禁止吸菸，藏了菸也不能拿出來抽。據他本人的說法是，身上沒菸就會坐立不安。

杜則帶了護唇凡士林與吸油面紙。雖然她打扮率性，其實是頗在意儀容的人。原本她還帶了唇蜜，但被金屬探測器發現而遭到沒收，這點她一直相當不滿。

「咦，四之宮沒有帶口紅之類的嗎？」

杜露出驚訝的神情，四之宮居然沒攜帶任何化妝品。

就連飾品，也只有插在頭髮上的簪子而已。那簪子是陶瓷製，看起來只是一根扁平的細棒。

那支簪子是四之宮的心愛之物，她一踏進會場我就注意到了。在會場外接受金屬探測器檢查時，她大概曾將簪子取下，因此簪子差點滑落，我及時幫她推了回去。

另一方面，相羽則是在胸前口袋裡，放了他的地下賭場的賭場籌碼。

——回想起來，相羽有把玩籌碼消磨時間的習慣。

那枚鮮綠色籌碼頗爲老舊，外表傷痕累累，或許是出於某種情感因素，相羽一直沒有更換一枚新的。

陸奧則是帶著塑膠盒裝的口香糖。他的嘴隨時隨地都在咀嚼食物，今天嚼的是口香糖。

就在檢查結束時，一名金髮男子從走廊上探頭進來，問道：

「嘿！命案現場在這裡嗎？」

此人是「多克」，阿姆雷特大飯店的專屬醫師。雖然專長是整形外科，但什麼科別都難不倒他，在法醫學上的造詣也很深。每當發生命案時，絕不能缺少他的幫助。

多克拎著驗屍用的醫務箱進入室內。

「這次的戒備眞是森嚴啊。連我都得通過金屬探測門，吃飯傢伙也得經過X光檢查。」

「眞抱歉，雖然命案已發生，我們還是不能讓任何違禁物進入會場，否則對接下來的調查行動可能會造成妨礙。」

多克戴上丁腈橡膠手套，準備檢查屍體，杜突然出聲：

「驗屍之前，能讓我看看那把凶器嗎？」

多克皺起眉頭。諸岡卻將手放在多克的肩上，說道：

「拜託了。其實，我也有點在意那把凶器。」

多克搖了搖頭，「不行，驗屍是非常重要的環節，不能亂了順序。」杜的臉上罕見地流露惱怒之色。

「你好像搞不清楚自己的身分？不過是將刀子拔出來讓我看一眼，會有什麼問題？」

面對勃然大怒的杜，多克卻是一副滿不在乎的態度，自顧自地從醫務箱中取出器材一一擺好。即使面對「七王」也絲毫不給面子，只能說多克將「我行我素」這句話發揮到了極致。

他頭也不抬地說道：

「等驗屍結束後，我自然會將刀子送到各位面前。在那之前，請耐心等候。」

杜似乎還想抱怨，我半強迫地將五位與會者趕到走廊上。

「多克進行驗屍的同時，我要檢查泰坦大廳和休息室以確保安全。請各位和水田一起在走廊稍待片刻。」

將「監視嫌犯」的任務交給水田，我著手調查休息室。

所謂的「確保安全」，其實只是藉口。我認爲有外人躲藏在泰坦大廳或休息室的機率非常低。我眞正的目的，是想要趁凶手銷毀證據前，把應該檢查的地方都先檢查一遍。

休息室內並無打鬥痕跡。

這裡只有一張木製桌子和兩把椅子，兩者皆毫無損壞，連螺絲等零件都沒異狀。我也檢視了連接泰坦大廳與休息室的門，同樣未見任何被動過手腳的跡象。

我留下仍在驗屍的多克，轉往相鄰的泰坦大廳查看。

這裡同樣沒有任何可疑之處。家具、牆壁、地板皆無傷痕，螺絲等細微處亦不見異狀。

我帶著一無所獲的心情來到走廊上。

總不能讓與會者一直待在走廊，於是我讓他們返回已檢查完畢的泰坦大廳，繼續由水田負責監視。

我獨自站在走廊上，低聲咕噥：

「這走廊也大有問題。」

會議進行期間，我和水田在門口附近待命。

就防範外部入侵的角度而言，門口確實是最佳位置，只是不適合監控會議成員的行動。

由於建築格局的問題，站在門口只能看到半條走廊。

我調查著走廊，暗自嘆氣。

——休息期間，多數與會者應該都曾爲了上廁所而通過走廊，凶手恐怕是混在其中行凶。

而這一切都發生在我與水田的視線死角。

我原本以爲只要檢查走廊與廁所，應該能找到一點凶手行動的蛛絲馬跡，可惜這個期待完全落空。

地板上毫無汙漬，牆壁、電燈開關及廁所配管也沒有半點刮痕。我甚至仔細檢查了面向走廊的所有門板以及廁所內的每一扇門，包括門把、鉸鏈、螺絲等細節，依然沒有發現異狀。

泰坦會議會場平面圖

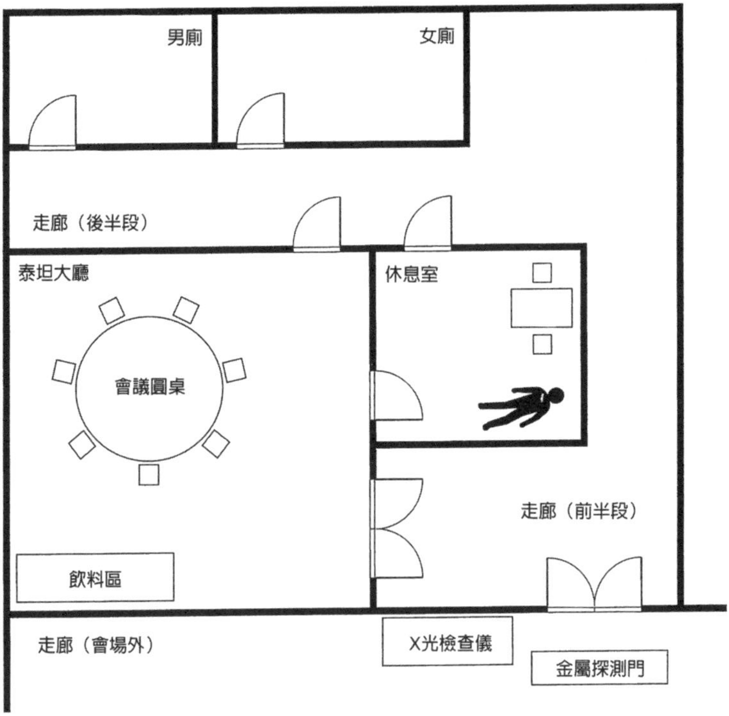

男廁
女廁
走廊（後半段）
泰坦大廳
休息室
會議圓桌
走廊（前半段）
飲料區
走廊（會場外）
X光檢查儀
金屬探測門

——沒有任何線索。

*

這家飯店內無論發生什麼事，都不會驚動警察。

取而代之的是，飯店偵探會進行調查，並鎖定凶手。案件落幕後，受害者屍體及一切證物都會交由飯店人員送入超高溫焚化爐燒毀，不留下一星半點的痕跡。

飯店內的訊問調查往往不遵守一般檢警的偵訊程序，這次我一如往昔，選擇同時向所有涉案者問話。

面對泰坦大廳的會議圓桌，我開口說道：

「飯店內再度發生離奇命案，爲了盡速破案，希望各位配合調查。」

這張會議圓桌旁，共有七個座席。

諸岡坐在其中一席，其餘五席爲「七王」成員：杜、相羽、陸奧、四之宮，以及笠居的座位。

剩下的一席，則是「往生者」的座位。

當然，沒有枯骨坐在那張椅子上，只是桌上放著白瓷骨灰罐。那是傳統的七寸罐，也就是直徑二十公分出頭，高約二十五公分的圓柱體。

骨灰罐中，裝著諸岡盟友的骨灰。

那位盟友名叫朱堂。

據說，他曾與諸岡一同爲設立阿姆雷特大飯店付出心力。不幸的是，就在飯店開幕前夕，朱堂車禍過世。

依故人生前的遺願，朱堂的遺骨至今仍安置在「泰坦大廳」內。

平常骨灰罐被小心翼翼地收納在木箱中，只有在舉行會議時才取出——彷彿故人在死後依舊能參與「出資者會議」，決定阿姆雷特大飯店的未來。

換句話說，泰坦大廳既是會議室，也是墓園。

值得一提的是，會議開始前，水田以金屬探測器檢查泰坦大廳時，曾特地打開骨灰罐檢查內容物。當時我也在場，而且案發後再次檢查大廳時，我再次確認過。罐中裝著大大小小的灰白色骨灰及骨塊，以及故人生前使用的人工關節。

——我再次環顧坐在會議桌前的眾人，繼續道：

「現在我想請各位說明，從會議開始到發現屍體爲止，發生了什麼事？」

通常只要我說出這句話，接下來就會順利進入詢問案情的階段。然而，這次廳內只傳出沉重的嘆息聲，而且迅速蔓延。

半晌後，杜神情失望地開口：

「飯店偵探，你的名聲不錯，但恐怕是浪得虛名。金屬製的刀子被帶入會議室的途徑，任何人都猜得到。」

「什麼意思？」

此時相羽接過話，說道：

「就眼前的情況來看，帶刀子進來的人，若不是在『身爲與會者的我們六人』當中，就是在『負責保安的你們兩人』當中。」

「的確如此，但……」

我一時不知該如何回應，四之宮陰沉的話聲響起：

「看來不開門見山地說，你還是不明白？在你和水田等飯店人員沒有共謀將刀子帶入會場的前提下，有可能把刀子帶進會場的，只有一人。」

「沒錯，那就是諸岡。」

陸奧補上最後一擊，露出諷刺的笑容。

諸岡一臉茫然地低喃：

「我要如何……將凶器帶入會場？」

杜指著諸岡的腳，說道：

「諸岡，當年你與黑幫火拚，左腳受傷截肢了吧。現在你的左腳是義肢，對嗎？」

這一點我與水田也知情。

——所有與會者中，只有一人能夠攜帶金屬物品進入會場。

那就是裝著義肢的諸岡。若是沒有義肢，諸岡根本無法行走，因此他成了唯一的特例。

我狠狠瞪了杜一眼，應道：

「請別亂扣帽子。關於老闆的義肢，我和水田都檢查過了。金屬探測器只對義肢產生反應，除此之外什麼也沒有探測到。」

廳內眾人一陣苦笑。杜露出憐憫的眼神，對著我說：

「你仔細檢查過義肢『裡面』嗎？」

「義肢的……裡面？」

「沒錯，爲了防身，業界常有人把武器藏在拐杖之類的物品裡。諸岡也不例外，或許他的義肢有什麼機關，能讓他藏刀子。」

我不禁笑了出來，說道：

「老闆的義肢並沒有那種機關……」

一句話還未說完，我注意到諸岡的臉色變得慘白。

「對不起，杜說得沒錯，我的義肢確實有能夠藏武器的空間。義肢師傅製作得相當精巧，居然連桐生和水田的眼睛都騙過了。」

「爲什麼……連我們都隱瞞？」

——爲什麼要做出這種背叛的行爲？

我難掩心中的困惑與憤怒，諸岡沒有理會我的質問，別過臉，捲起左腳褲管，露出金屬製的義肢。

「平時藏在這裡的武器是我的『殺手鐧』，因此，我不想讓任何人知道我的義肢有祕密空間。在江湖上行走，隨便亮出底牌是自殺的行爲。」

「即使如此，今天是舉行泰坦會議的日子，你一定拿掉義肢裡的武器了吧？」

諸岡遲疑片刻，才啞聲回答：

「應該吧……」

「應該？連你自己也不敢肯定？如果義肢中藏有刀子之類的東西，以你對義肢的熟悉程度，想必能察覺微妙的重量和觸感差異吧？」

「我什麼也沒有察覺到。我所有心思都在會議上，沒留意到這些瑣事。」

他的回答避重就輕，而且怎麼也不肯與我對上眼。

——難道老闆是在包庇某人？

我不安地凝視諸岡。他似乎不希望我繼續追問下去，伸手轉動義肢的腳踝部分，內部空間露了出來——現在裡頭確實是空的。

「如你們所見，這個祕密空間能容納長約二十公分的刀子。那把鈦合金小刀……多半放得下。」

聽到這句話，我的臉色瞬間發青。

——爲什麼老闆知道凶器是鈦合金製？

檢視屍體時，我推測刀子是鈦合金製。這是根據我從前當殺手時累積的經驗，沒有百分之百的把握，所以我並未對任何人提及「鈦合金」這字眼。

順帶一提，鈦合金不算是罕見的金屬。

因爲抗腐蝕性強又輕巧，鈦合金常用於製造醫療相關器材或眼鏡框架。但在硬度與銳利度方面，鈦合金略遜於鋼鐵，很少用來製作刀刃。

唯一的例外，大概是潛水用的小刀。畢竟鈦合金具備耐鹽水腐蝕的優點。

——凶器材質應該只有凶手才知道，老闆果眞與這起命案關係匪淺？

沉重的不安，幾乎將我壓得喘不過氣。我勉強擠出一句話來爲老闆開脫：

「老闆確實有機會將刀子藏在義肢裡帶入會場，但這不是唯一能夾帶金屬製刀子的方法。」

四之宮微微歪著頭問：

「還有什麼方法？」

我注視著圍繞圓桌而坐的「七王」。

「這一點我還沒有頭緒，不過我向各位保證，一定會查個水落石出。包含凶手的身分，以及將凶器帶進現場的手法。」

凶手就在眼前這四人當中，這句話也是我的宣戰預告。

＊

泰坦會議是下午三點開始。

由於事前必須使用金屬探測器檢查全身，「七王」成員十五分鐘前就齊聚在會場前。

另一方面，諸岡則是早一步通過檢查，先行坐在泰坦大廳的圓桌旁。

諸岡身為飯店老闆，比任何人都早一步進入泰坦大廳，並在會議結束後，目送所有人離開後才踏出泰坦大廳——這是「出資者會議」的慣例。對諸岡而言，這也是一種儀式。

諸岡這麼說過：

「航海界有這麼一套規矩，『船長必須為船與全體乘客及船員的性命負責』。就算船要沉沒了，船長也得等所有人都逃生後才能棄船。」

據說自古以來有許多船長奉行「最後棄船」的原則，與下沉的船同歸於盡。好比撞上冰山沉沒的鐵達尼號船長就是如此。

「對我來說，這家飯店就像一艘船。如果阿姆雷特大飯店走向滅亡——我願獻上自己的性命，與飯店同生共死。」

聽聞在飯店剛開幕的第一屆泰坦會議上，諸岡也曾這般發誓。

因此，每次召開會議，諸岡必定是最早進入泰坦大廳的人，也是最晚離開的人，以此證明自己仍遵守開幕時的誓言。

四之宮自言自語般低聲說：

「這次的泰坦會議，由相羽擔任主席。」

相羽苦笑著接過話：

「這個會議的主席是輪流擔任，說穿了就是會議主持人，不是什麼大不了的職位。」

或許是擔任主席的緣故，相羽的座位前方擺著最多文件資料，其中包含六個信封。

「那些信封是……？」

相羽拿起一個信封遞給我，「這是與泰坦會議邀請函一起寄出的宣誓書。依照慣例，在會議開始前，每個人都要向主席提交這份『絕對服從決議』的宣誓書。」

正如他所言，信封裡裝著一份宣誓書。

相羽接著解釋，泰坦會議成員之間並無上下關係。輪流擔任主席的人，必須負責準備並寄發邀請函及宣誓書。

此時四之宮輕咳了一聲，說道：

「很遺憾，『七王』大多討厭處理瑣事。因此在會議期間，由我四之宮負責協助處理繁雜事務，以及管理會議時間。」

在「七王」中，四之宮經常擔任幕後支援者的角色。

這或許和四之宮的出身有關。據說她從小被杜的組織收留，展現出過人的才能。長大後她主要接受相羽和陸奧的教導，成爲犯罪業界專屬的會計師。

換句話說，表面上「七王」階級平等，其實內部仍存在地位差距。

四之宮接著道：「在這場會議中，我們一直在討論笠居提案的阿姆雷特大飯店存廢事宜。畢竟，這次『出資者會議』可說是爲了討論這個議題才召開的。」

諸岡點頭附和：「直到下午五點，我們都沒有達成共識，只好先休息三十分鐘。」

陸奧立刻插嘴：「說得更明白一點，整場會議就是諸岡和笠居爭吵不休，其他人簡直像是旁觀者。」

這是意有所指的發言……

陸奧是個高明的騙徒，各種方言都說得非常流利。今日不知是太緊張還是有所圖謀，他用的是故鄉的關西腔調。

雖然他六十多歲了，但臉上幾乎沒有皺紋，再加上有著一張娃娃臉，看起來像四十多歲。今天他穿高級灰色西裝搭配暗紅領帶，與其他人的服裝比起來算是非常得體。

「請容我問一句，有哪幾位反對飯店結束營業？」

我問道，杜率先回答：

「首先，諸岡當然反對，還有……相羽也是偏向反對的立場吧？」

相羽立刻點頭，「當然，我的地下賭場和這家飯店一樣，會員都是犯罪者。畢竟有賭場的地方就有飯店，賭博與飯店是互惠關係。」

聽到這裡，杜忍不住竊笑，再度開口：

「我是站在笠居那邊，因為諸岡經營這家飯店，只願意大量採購毒藥及醫療藥品，對販賣毒品一直不積極。」

諸岡一臉沉重地搖了搖頭。

「飯店內的治安本來就不穩定，一旦吸毒的人變多，治安勢必更加惡化。既然我們要求房客嚴守兩項鐵則，不能同時又把容易讓人失去理性的毒品交到房客手中。」

「眞是死腦筋。」

一直等待著說話時機的四之宮，此時再度開口：

「我和陸奧在會議上表明中立的立場。老實說，我四之宮非常喜愛阿姆雷特大飯店。」

她微微翹起粉色嘴唇，一貫輕聲細語地說：

「不過身為會計師，我必須對所有犯罪者一視同仁，不能偏袒特定組織。」

陸奧一邊整理領帶，一邊出聲道：

「我的主要職責是向飯店提供情報，有沒有這家飯店，對我來說利害關係不大。坦白講，我根本不在意這個議題。」

聽到這裡，我不禁雙臂交抱，開口：

「兩票贊成，兩票反對，兩票中立——如此平均的意見分歧，即使投票也很難達成共識吧。」

諸岡凝視著遠方，點頭應道：

「所以一到休息時間，我就邀笠居去休息室，希望好好談一談，找到折衷點。」

我詫異地看著諸岡問：

「老闆，在屍體被人發現前，你曾與被害者在休息室獨處？」

「是啊，我們談了足足有十分鐘，可惜仍無法達成共識。」

——這種情況可說是糟到不能再糟了。

原本在與會者中，諸岡就擁有最強烈的行凶動機，現在又加上他有機會在休息室內動手殺人。

「談完之後……老闆，你立刻回到泰坦大廳？」

「嗯，我去了一下廁所，便回泰坦大廳了。以時間來看，差不多下午五點十五分我就回到這裡了。」

我手抵著下巴，沉吟了一會，又問：

「老闆，你離開休息室時，笠居先生有沒有什麼異狀？」

「沒有特別的異狀。」

我轉頭朝「七王」的四人說道：

「老闆離開休息室的時間，最晚應該在五點十分到十五分之間。在那之後，有誰曾進入休息室？」

圍著圓桌的眾人皆搖頭。

——原來如此。果然，凶手是假裝去上廁所，離開泰坦大廳，從走廊潛入休息室。循這條路線進入休息室，既不會被在泰坦大廳的會議成員目擊，也能避開我們警衛的視線。

我接著問：「那麼，我想請問杜女士，休息時間你在做什麼？」

「諸岡回來之後，我去了一次廁所。我記得是在……下午五點二十分回到泰坦大廳。我回來時看了一眼時鐘，絕對不會錯。」

杜抬抬下巴，示意牆上的電子掛鐘。

由於會場內禁止攜入手機與手錶，只能靠牆上的這個掛鐘掌握時間。順帶一提，會場內只有這麼一個時鐘。

我低頭看了看自己的手錶。

掛鐘與手錶顯示著相同的時間——現在是晚上七點。從發現笠居身亡至今，已過將近一個半小時。

杜繼續道：

「我回到泰坦大廳後，從那邊的飲料區拿了葡萄酒，坐在座位上和其他人一面喝一面聊天。」

室內角落有一座木製櫃檯。

那就是飲料區，放著裝有葡萄酒的醒酒壺與酒杯。旁邊的冰桶裡盛有冰水，裡頭冰鎮著寶特瓶裝的蘇打水與礦泉水。

基於安全考量，飲料區的所有容器，皆是塑膠或壓克力等不易碎裂且不含金屬的材質。

當然，不論是飲料區、掛鐘、會議桌或椅子，我都確認過並無異狀。家具、各種小東西和牆壁沒有任何破損情況，就連螺絲及電池等零件也很正常。

我接著詢問：

「那麼，其他幾位休息時間在做什麼呢？」

首先回答的是相羽：

「一到休息時間，我馬上去了廁所。五點零五分左右回到泰坦大廳，之後我就沒離開過這裡。」

「我是在休息時間後半段的某個時間點去了廁所，約五分鐘後就回到泰坦大廳。」

四之宮說完，陸奧也慌張說道：

「我一直在喝葡萄酒，直到接近五點半才去廁所。我回到座位不久，會議就重新開始，大家發現笠居還沒回來，大致是這樣的情況。」

我手抵著下巴問：

「幾位剛好在不同時間點去上廁所？」

陸奧似乎以爲我這句話帶有譏諷意味，不滿地應道：

「別在這種事情上鑽牛角尖，好嗎？休息時間不就是這麼回事？大家自己找時間去上廁所，剩下的時間就是閒聊。倒是沒想到會有人在休息室裡談事情，以前開會可從來沒人這麼做過。」

我無視他的話，暗自思索。

——這些人說的話，全都可信嗎？

他們每一個人都是嫌犯，說出口的話是不是眞的，只有自己知道。

不出所料，所有人都清楚記得而且勉強找到證據的，只有以下三點：

①休息時間一到相羽立刻去了廁所，約五分鐘後返回泰坦大廳。他一直是閒聊的中心人物，直到休息時間結束都沒有再離開。

②休息時間快要結束陸奧才去廁所，直到會議下半場即將開始才回來。

③泰坦大廳內始終有超過三人在場。

「這麼看來，相羽先生的不在場證明是成立的。」

唯獨他是在諸岡與笠居結束談話前，就已回到泰坦大廳，而且之後都沒離開。

「再者，泰坦大廳內隨時都有好幾個人在場，凶手不可能在這裡爲所欲爲。由此可推測，凶手是假裝去上廁所，趁機溜到休息室殺害笠居先生。」

回程凶手想必也是走同樣路線。回到泰坦大廳前，凶手已將犯案用的手套等物品揉成小團，沖入廁所馬桶處理掉了。

我繼續提問：

「接下來，請告訴我發現屍體時的情況。」

據說，最先起身前往休息室的是四之宮。

她一開門就看到屍體並大聲喊叫，接著包括諸岡在內，所有人隨著她一同擁入休息室。

──雖然四之宮是第一發現者，實際上這裡的五人幾乎是同時看見屍體。如此一來，第一發現者對屍體動手腳的可能性大幅降低。

這時，相羽插嘴：

「蒐集這麼多證詞，差不多該有些頭緒了吧？桐生，你找到凶手如何夾帶凶器的線索了嗎？」

「不，目前還沒有……」

四之宮搖了搖頭，下達最後通牒般說道：

「很遺憾，看來諸岡夾帶金屬凶器進入會場並殺死笠居，就是命案的真相。」

「不，不是我……」

諸岡低著頭，喃喃否認。杜揚起嘴角，尖酸刻薄地嘲諷：

「除了你，還有誰能犯案？打破自己定下的規則，還不敢承認……」

就在這時，多克和水田一前一後走進泰坦大廳。

多克還不知道眼前是何種局面，舉起裝有刀子的夾鍊袋，氣定神閒地開口：

「驗屍結束了。這是凶器，正式名稱叫尖頭雙刃器——說白了就是一把雙刃尖刀。全長十九公分，刀刃十二公分，刀身相當細。」

我隔著夾鏈袋重新檢視凶器。

果然如同第一眼看到它的感覺，刀刃與刀柄爲一體成型，不能折疊，整體呈灰暗色澤。刃部有凝固的深紅色血跡。

我遞給之前要求查看凶器的杜和諸岡，他們隔著夾鏈袋只看了一眼，便紛紛搖頭，似乎不想再深入觀察。

我在他們的雙眸中看見奇妙的情感變化——那似乎是一種恐懼。

這段期間，多克繼續說個不停：

「死因是心臟遭刺引起的休克，幾乎是一刀斃命。死亡推定時間是在下午四點半到五點半之間。但從傷口形狀來看，凶手曾將刀抽出又重新刺入。」

我不禁皺起眉頭。

「凶手爲什麼要這麼做？」

——現場沒有任何人身上沾染血跡，可見凶手在反覆刺殺之際，約莫是用薄塑膠布之類的東西隔著，避免鮮血濺到身上。事後再將塑膠布撕碎，或是揉成一小團丟入馬桶沖掉。

「對了，凶器是什麼材質？」

我接著問。多克雙臂交抱，沉吟道：

「得進一步分析，才能知道詳細成分。但金屬探測器有反應，重量又輕巧，應該是鈦合金吧。」

「果然……」

此時多克突然露出意味深長的表情說：

「如果凶手用的是鈦合金刀，那可眞是奇妙的巧合。」

我不明白他的意思，歪著頭問：

「什麼巧合？」

「『鈦』這個字源自希臘神話的Titans，即泰坦。凶手在泰坦會議中使用鈦合金製的凶器，未免太巧了。」

「這不是巧合……」

諸岡忽然喃喃說道，我與多克互看了一眼。

「老闆，你似乎很熟悉這把凶器？案發當時，你似乎就知道這是鈦合金製的……能否解釋一下你爲何如此篤定？」

然而，諸岡緊閉雙唇，不發一語。

更奇怪的是，剛剛不斷指控「諸岡就是凶手」的「七王」中的四人，此刻全都陷入沉默。

若是在幾分鐘前，他們早就對諸岡群起圍攻，質疑「爲什麼你會知道只有凶手才知道的事情」。

我輕輕嘆了口氣。

「看來，你們早就知道這把凶器的來歷，卻沒有一個人肯說出眞相，爲什麼要這麼做呢？」

沒有人回應我這個問題。

即使是並未參與訊問的多克，也從現場的氛圍察覺事有蹊蹺。他沉聲低語：

「雖然我不清楚詳情，但這把凶器似乎涉及一些黑暗的往事。」

「我也這麼認爲。」

多克從我手上接過裝在夾鍊袋中的刀子，說道：

「總之，我要先回醫務室了。我想詳細化驗從屍體上採到的組織樣本。雖然不確定能否有新發現，但總得碰碰運氣。這把凶器我也會帶回去做成分分析，一有結果就通知你們。」

我目送多克離開泰坦大廳，接著轉身面對會議圓桌。

「我大概能猜到你們隱瞞了什麼……」

在這五年中，「七王」空出兩席。

其中一席是我的養父──「犯罪計畫王」道家。他死於末期肺癌，這是千眞萬確的事實。

那麼，曾是「盜王」的米本呢？他的死因是什麼……？

我雙手撐在桌上，接著說：

「據我所知，米本先生是在五年前猝逝……傳聞是病死，但事實上五年前的泰坦會議也發生了殺人命案，而米本先生就是犧牲者，我猜對了嗎？」

「沒錯。」

說出這句話的人竟是水田。我不由得瞪大眼睛，注視著他。

「原來如此，當初飯店開幕水田就在此工作，自然清楚五年前發生了什麼事。」

水田一臉沉痛地點點頭。

「我深知各位守口如瓶的原因。五年前的會議中，同樣發生了殺人命案——那是阿姆雷特大飯店唯一一樁所有人都不願提起的懸案。」

＊

「請原諒我違背誓言，說出米本先生死亡的眞相。我願意接受任何懲罰，若能以我一個人的性命爲代價，讓這樁懸案水落石出，再也沒有比這更划算的事了。」

「水田……」

諸岡似乎想制止，但水田不給他機會，接著說：

「五年前的泰坦會議，並未如此嚴格管控金屬物品。因此，當時的凶器就是米本先生隨身攜帶的護身小刀。」

我微微瞇起眼睛，說道：

「凶器是刀子？和這次的命案一樣。」

杜似乎也放棄抵抗，開口解釋：

「沒錯，米本的愛刀是鈦合金製的。今天的那把凶器，就是米本那把小刀的仿製品。」

原來如此，一切都解釋得通了。

杜與諸岡一看見凶器，就顯得非常在意且畏懼，正是因爲它與往昔那起命案的凶器太過相似。

根據水田的描述，五年前的「出資者會議」遭到不明人士襲擊。襲擊的行動不僅迅速，而且悄無聲息。凶手將小型催眠瓦斯裝置偷偷帶入會場，在桌下啓動，讓所有人陷入昏睡。

「和現在相比，當時阿姆雷特大飯店在保安與案件調查兩方面都不夠完善縝密。」

諸岡哀傷地嘆了口氣，水田也無奈地點頭。

「當時我以保安主任的身分待在泰坦大廳，卻中了催眠瓦斯而失去意識。在昏厥前，我確實看見有個頭罩布袋的人，從米本先生身上奪走了他的刀。」

除了水田之外，幾乎所有與會者多少都目擊了那一幕。

我立刻追問：「襲擊者的衣著或體格有什麼特徵？」

「對比米本先生的體格，應該是男性。但除此之外，沒注意到任何特徵。」

——這也難怪。畢竟在催眠瓦斯的作用下，所有人都意識模糊。

水田接著說：

「我們大約昏睡了十五分鐘。當我醒來時，所有人都倒在圓桌旁，其中有兩人胸口在流血。」

我一聽，錯愕地瞪大雙眼。

「兩人？不是只有米本先生被殺嗎？」

「另一位受害者……是道家先生。」

——道家老爺子？

聽到意料之外的名字，我震驚不已。

下一秒，五年前道家入院時的情景浮現腦海。

當時爲了執行「殺手厄瑞波斯」的工作，我離開道家身邊約莫三週。完成任務回來後，道家已住進醫院，並且動完了手術。

我緊緊咬住嘴唇，皺起眉頭。

「果然，道家那老傢伙是一個無可救藥的騙子。」

那時道家見我去探病，對我說明是肺癌惡化，事實上卻是……

相羽頻頻點頭。

「道家是個非常機靈的人，他很快就發現催眠瓦斯，立刻屏住呼吸。」

接著，爲了保護米本，道家撲向襲擊者。

襲擊者太過相信催眠瓦斯的效果，疏於防備。道家趁機從襲擊者手中奪下刀子，用力刺向對方的胸口。

諸岡再度沉聲說道：

「道家出手的瞬間，我仍勉強維持意識。當時……我以爲反擊成功了。」

然而，那一擊並未發揮效用。

襲擊者相當謹慎，穿戴著防護背心之類的東西，道家的反擊無法傷到對方。

——道家老爺子也受到催眠瓦斯影響，攻勢減弱許多。

水田接著描述道：

「後來刀子又被襲擊者奪了回去，道家先生的右胸與右腿都遭刺傷。幸運的是，那兩刀都沒有刺中要害。」

對健康的人而言，或許是幸運的事。

但道家罹患肺癌，即使沒刺中要害，也足以致命。自從住院之後，道家的體力盡失，不到一年就過世了。

——凡人必有一死。

死亡是無法避免的事。然而，若是沒有捲入當年的那起案件，道家沒被襲擊者刺傷，或許能多過一段安穩的日子，即使是一個月或一天也好。

四之宮有氣無力地說：

「當時的景象，我永遠無法忘懷。道家先生倒在地上，胸口及腿上不斷流血，接著米本先生被一刀刺中心臟，當場斷氣。」

我雙臂交抱，沉吟道：

「原來如此，行凶手法和這次如出一轍。」

此時諸岡忽然用力搖頭。

「並非完全相同。最關鍵的是，奪走米本性命的那把刀，在現場消失無蹤。」

「凶器不見了？」

命案發生後，諸岡立刻下令封鎖泰坦大廳，試圖找出米本的那把刀。沒想到搜遍會議參加者身上的所有物品，甚至連受害者米本和道家的身上也搜了，會場內所有家具及雜物也都查了一遍，就是找不到那把鈦合金刀。

水田一臉苦澀地輕輕點頭。

「五年前那一次，就跟今天一樣，會場外有保安人員看守著。因此案發前後肯定沒有任何人進出，也沒有任何物品被帶進或帶出。」

我沉吟了一會後，問道：

「但又不能永遠不讓涉案者離開現場……放人離開時，你們採取什麼措施？」

「也是和今天一樣，用金屬探測器與X光檢查所有人和物品。」

聽到這裡，我有些驚訝。

「你們做到這種地步？」

「是的，這是老闆在調查過程中想到的。用金屬探測器檢查人體，用X光檢查物品，就不可能有任何遺漏。」

後來他們在會場內也用金屬探測器徹底檢查，連勘驗完的屍體在運出會場前，都經過X光檢查。而且從那一天起，命案現場就一直嚴密封鎖至今，成爲眾人口中的「禁區」。

——能夠封鎖到這種地步，算是很了不起了。

我再次提出疑問：

「我有些困惑，五年前爲何沒有人懷疑，是老闆把米本先生的小刀藏在義肢裡帶走？」

諸岡苦笑著回答：

「不知該說是幸還是不幸，當時義肢的接觸部位發炎，大約有一個月的時間無法安裝義肢，我只能拄著拐杖參加會議。當然，我離開前，拐杖也通過了X光檢查。」

此時相羽嘆了口氣，說道：

「案發四天後，那把刀子竟然在會場外被人找到了。地點是飯店內的日式庭院池子。」

我微微瞇起眼睛。

——爲什麼是「四天後」？難道凶手花了那麼多時間，才將刀子帶出會場？

我一邊尋思，一邊發問：

「我想到一個最根本的問題，米本先生那天眞的帶著刀子參加會議嗎？會不會他根本沒帶刀子，一切都是兇手故弄玄虛？」

「不可能。」

陸奧答得斬釘截鐵，四之宮點頭附和。

「沒錯，米本先生習慣拿那把刀子當拆信刀，五年前的那場會議也不例外，我們都看見了。」

四之宮接著解釋，從刀子的鋒利度來看，不像是經過調包的假貨。

現場陷入沉默，半晌後水田再度開口：

「最後我們什麼也沒查出來。既不知道是誰殺害米本先生，也不知道兇手如何將那把鈦合金刀帶出現場，這起命案從此成了懸案。」

我立即追問：

「等等，當時只有兇器消失吧？兇手頭上罩的布袋，以及手套之類的東西，應該都留在現場。而且兇手曾遭道家反擊，即使衣服底下穿著防護背心，衣服的胸口應該被刺了個洞才對。」

諸岡自嘲般苦笑，回道：

「兇手留下的證據可多了。」

「咦？」

「手套、斗篷、內藏防毒面具的布袋……而且這些遺留物上，還沾著所有與會者和水田的毛髮及唾液。」

水田補充說明：

「不僅如此，每個人的上衣胸口處，都有像是以尖刀刺穿的破洞。」

我聽得瞠目結舌，不敢相信自己的耳朵。

「難道凶手趁你們昏睡時動了手腳，偽造了證據？」

想讓證據完全消失並不容易，但要增加證據並不難。凶手反其道而行，在證據上添加所有人的生物跡證，攪亂調查工作。

我正在嘀咕之際，水田接著說：

「案發當時，除了米本先生之外，泰坦大廳只有八人：包含道家先生在內的『七王』六人，以及老闆與我。」

「換句話說，凶手就在這八人當中？」

「應該是吧……」

涉案人全是犯罪業界的頂尖人物。站在阿姆雷特大飯店的立場來看，除非找到確切的證據，證明凶手身分，並說明凶器如何被帶出會場，否則很難將這些大人物中的任何一人定罪。

我皺起眉頭，說道：

「現在我明白五年前的案子怎會成為懸案了，但你們為什麼要隱瞞此事？即使不希望消息傳揚出去，也沒必要對身為飯店偵探的我三緘其口吧？」

諸岡低頭不語，相羽代為回答：

「你別這麼生氣，我們有難言之隱。要是『米本遭到殺害』的消息傳入某位女士的耳裡，我們的小命恐怕會不保。」

相羽的言語中流露明顯的懼意。

業界高手害怕成這樣的人物，在這世上寥寥可數。

「難道你們害怕的是米本先生的遺孀？」

米本的妻子，是令人聞風喪膽的殺手。

她名叫伊田，也是本飯店的常客，曾涉入本飯店發生的一起命案。

陸奧戰戰兢兢地說道：

「那女人太恐怖了！有一次，某東歐黑幫組織害米本受傷，她為了給丈夫出氣，單槍匹馬就把那個組織滅了。據說她瞬間殺死三十名保鑣……如果讓她知道『心愛的丈夫被殺』，天曉得她會做出什麼瘋狂行徑。」

杜跟著附和：

「沒錯。伊田平常很懶，不喜歡做沒錢賺的事，但只要與家人有關，就另當別論。她可能會做出『既然查不出凶手是誰，就把有嫌疑的人全殺了』這種可怕決定。」

——天底下眞的會有做事那麼極端的人嗎？

雖然我抱持懷疑，不過伊田確實有過復仇前科。

考慮到伊田身爲殺手的實力與有仇必報的心態，諸岡與「七王」會對她心生畏懼似乎也挺合理。

我嘆了口氣，說道：

「原來如此。你們商議之後決定，既然無法查明眞相，就當這件事沒發生過。」

眾人默默點頭，杜苦笑著說：

「知道祕密的人愈多，洩密風險愈高。爲了自保，我們都發過誓不再談論此案。」

他們還訂下「違背誓言者死」的規定，但現在大家都不再隱瞞，顯然誓言已失去效力。

這時，水田開口：

「我們和當時的飯店專屬醫師合作，將米本的死僞裝成心臟病發作。當然，道家先生的傷也必須保密，只能對外聲稱是病情惡化。」

至於米本胸前的刀傷，則混充成飯店專屬醫師進行解剖時的解剖痕跡。

——伊田眞的相信了？

要不相信也很難。畢竟好幾位業界頂尖人物和飯店醫師，都堅稱米本的死因是「心臟病發作」。

其他人倒還罷了，至少諸岡與四之宮都是相當有信譽的人物。如果我是伊田，或許我也會相信諸岡的解釋。

四之宮自嘲道：

「不過我們決定掩蓋眞相，並不只是不想激怒伊田。其實，在泰坦會議的參加者中，米本先生與其他七人愈來愈壁壘分明。」

組成「七王」的目的，本來是想要劃清各王的界線，透過分工的方式避免無謂的紛爭，合作獲取利益。但米本無視此一原則，不斷擴大自身組織，令諸王及諸岡蒙受損失。

我眯起眼睛，說道：

「用一個比較殘酷的說法……各位都不希望米本先生活著？」

四之宮一臉陰鬱地點了點頭。

「米本先生能活到五年前，主要還是因爲大家害怕他的妻子伊田。」

我手抵著下巴，繼續道：

「搞不好凶手選在泰坦會議中殺害米本，也是出於相同的理由。」

凶手絞盡腦汁，就是爲了將米本從伊田的保護傘中拖出來。

於是，凶手選擇在泰坦會議中下手。

泰坦會議是業界頂尖人物齊聚一堂的盛事，只要在會議中製造出找不到凶手的命案，出於對伊田的恐懼，所有人都會成爲共犯，暗中了結此事。

而結果也正如凶手的預期。

最後，諸岡說道：

「案發後，我決定封鎖『出資者會議』的會場。原本這裡就是爲了舉行泰坦會議而設計，既然要掩蓋此案，這是最好的做法。於是隔天清晨，我派人處理完遺體和沾血的地毯，就封鎖了這一區。」

直到今天早上，這一區才解除封鎖。

我思索半晌後，問道：

「我有兩個問題。第一，案發四天後才找到的凶刀，現下在哪裡？」

水田搖頭，回答：

「案發十天後，就和其他證物一同丟進飯店焚化爐裡燒掉了。」

——本飯店的焚化爐能產生超高溫，足以融化鈦合金。

「我明白了。第二個問題，事到如今，爲什麼解除封鎖『禁區』？要舉行會議，大可選擇其他場地，不是嗎？」

我這麼問，當然不是忌諱這裡是發生過凶案的「不祥之地」。包含本飯店在內，業界何處不死人？要是介意這種事情，就什麼都不用做了。

諸岡環顧室內，回答：

「這裡是專爲泰坦會議打造的場所，牆壁和窗戶都建造得特別堅固。而且這次徹底檢查與會者的隨身物品，還使用了金屬探測器，我以爲不會有任何危險。」

從結果來看，諸岡還是太天眞了。

陸奥突然露出令人厭惡的笑容，注視著我說：

「廢話說夠了吧？聽完五年前的往事，對你調查今天發生的命案有幫助嗎？」

「兩起案件有許多相似點，而且凶器上都存在不解之謎，或許在本質上是相同的。」

「你的意思是，這兩起案件可能有所關聯……？這樣的推論能改變什麼結果嗎？」

——的確，若不能證明老闆的清白，這個推論就沒有任何意義。

相羽神情嚴肅地看了一眼牆上掛鐘，說道：

「我們總不能一直這麼討論下去。案發已超過兩個半小時，差不多該決定如何處理了。」

四之宮點頭附和：

「既然桐生無法推理出新花樣，看來能將凶器帶入會場的人，依然只有裝義肢的諸岡。」

「一定是哪裡搞錯了！」

諸岡抱頭哀號。杜露出輕蔑的表情，說道：

「死到臨頭還在嘴硬？爲了這家飯店的存廢，你不是和笠居吵個不停嗎？我們都知道，爲了這家飯店，你什麼事都幹得出來。」

諸岡顫抖著摸索口袋，取出萬寶路菸盒，緊緊握在手中。

「是啊，這家飯店就是我的一切。」

諸岡忽然皺起臉，看著我說道：

「對不起，桐生，老是給你添麻煩。」

——不對，老闆並不是兇手。

雖然我很想這麼相信，內心深處卻不斷湧現疑問。

諸岡一定隱瞞了什麼。就連我問他「今天是否把義肢裡的武器拿掉了」，他也答得模稜兩可，彷彿是在包庇某人。

耳邊不斷傳來杜與四之宮煩人的催促聲。

「每次飯店裡發生殺人命案，你們都會毫不留情地要求兇手付出代價。現在你們應該比照辦理，盡快結束這場鬧劇。」

「沒錯。事已至此，你們還在猶豫什麼？」

相羽與陸奧也跟著表示贊同。

「我們要求『迅速處理』殺人兇手。」

沒有時間猶豫了。

我必須立刻做出決定。遵循那不容退讓的鐵則，貫徹身為飯店偵探的職責，決定是否要處決阿姆雷特大飯店的創辦人與代表者——也是我的恩人的諸岡。

就在這時，無線電傳來多克的聲音，我趕緊回應：

「完成分析了嗎？」

「那把小刀確實是鈦合金製，但上頭沒有沾附指紋。從屍體採樣的各部位組織，還沒有化驗完畢。」

我深吸了一口氣，接著說：

「其實，我還想請你檢驗一樣東西。」

為了避免其他人聽見，我走到房間角落，向多克下達「某項指示」。多克相當驚訝，但二話不說就答應了。

——能否證明老闆無罪，就看這次的結果了。

等待回報的空檔，我簡直如坐針氈。不知過了多久，多克回覆：

「結果確實如同你的預期。」

這是著手調查本案以來，我首次放下心中大石。

——終於讓我找到能夠證明眞凶身分的證據了。

「老闆果然不是凶手。接下來，我會在各位面前證明這一點。」

＊

「剛才我給多克的指令，是檢驗笠居先生傷口附近的皮膚組織裡，是否殘留某些物質。」

陸奧隨即不安地問：

「結果呢？」

「不出所料，笠居先生胸前傷口周圍的皮膚組織中，驗出灰色食用色素與糖果成分。」

「七王」中反應較快的成員，已猜出我心中的推論。相羽半張著嘴，愣愣地說：

「難道我們發現屍體時看到的那把小刀……」

「那並非真正的刀子。當時刺在笠居先生身上的，是用糖果與食用色素等材料製成的假刀。」

我一說出這句話，泰坦大廳內登時一片譁然。

會議開始前，飯店人員雖以金屬探測器進行搜身檢查，但還不到脫衣檢查的程度。以糖果製成的一把非金屬假刀，藏在衣服底下帶入會場並非難事。

我接著說：「老闆只要利用義肢，就能輕易將金屬刀械帶入會場，根本沒必要使用糖果假刀。」

杜不情願地點頭，「聽起來有些道理。」

「從凶手使用糖果假刀可推知，由於會場戒備森嚴，凶手無法帶眞刀進入會場，只好以精巧的假刀僞裝眞刀，好讓人以爲屍體上插著鈦合金製刀子。」

陸奧纏著嘴應道：

「眞是低成本的騙術。」

四之宮也一邊點頭，一邊說：

「不過，這個推論還是有說不通的地方。如果無法將金屬製的刀子帶入會場，凶手是在什麼時候、以什麼手法將假刀換成眞刀呢？」

我皺起眉頭，回答：

「爲了進行成分分析，多克帶著刀子走出會場，前往醫務室。想必外頭有與凶手勾結的飯店人員，暗中將刀子掉了包。」

例如，當多克走出去時，該飯店人員假裝要檢查多克的隨身物品，趁多克不注意的時候回收假刀，換上鈦合金製的眞刀。

聽見飯店人員中可能有共犯，諸岡的臉色比剛剛更加難看了。

「這麼說來，假刀恐怕早就進了那個飯店人員的肚子裡。」

「用糖果製成假刀，最大的好處就是毀滅證據只需吃掉。凶手利用較不容易融化的糖果當材料，製作出幾可亂眞的假刀。但這麼做有個缺點，爲了可食用而製作的假刀強度不足，無法用來行凶。」

水田恍然大悟，開口道：

「你的意思是，凶手還準備了一把非金屬製的刀子？」

我深深點頭，回應：

「沒錯，爲了讓大家相信笠居先生是被鈦合金刀刺殺，凶手準備了兩把刀。一把是糖果假刀，另一把是具殺傷力的非金屬刀，能在傷口留下和眞刀相似的痕跡，凶手用後者的非金屬刀行凶，殺害笠居先生。」

行凶後，凶手回收非金屬刀，換上糖果假刀，才離開現場。這也解釋了爲什麼傷口顯示刀子曾拔出又再刺入。

聽了我的推論，諸岡似乎無法信服，皺著眉頭問：

「可是，這會場裡怎麼會有具殺傷力的非金屬刀？案發後，我們每個人都接受過搜身檢查，會場內也沒發現類似的物品。」

「有一樣東西符合條件，就在這裡。」

我走到四之宮身後，停下腳步。

她的頭髮上插著一支扁平長棒狀的簪子。四之宮用指尖輕觸自己的簪子，回頭看向我，問道：

「這簪子有什麼問題嗎？」

「不少業界人士會在身上藏護身武器。據說在江戶時代，有人將簪子當成一種隱蔽的武器。四之宮小姐的簪子是陶瓷製，若刺在身上，殺傷力不亞於小刀吧？」

四之宮坦然承認：

「如你所說，這支簪子兼具護身武器的功能。前端相當鋒利，的確能留下和細刃小刀相似的傷痕。」

「基於飯店偵探的權限，我要求使用魯米諾試劑檢驗這支簪子。只要出現血跡反應，就能證明笠居先生是遭此一凶器殺害。」

四之宮順從地交出簪子，粉色唇畔漾起微笑。

「你想要檢驗就拿去吧。不過，驗出血跡反應又如何？這根本沒有任何意義。」

我戴上手套接過簪子，瞪了四之宮一眼。

——果然，這女人不是省油的燈。

目前我還沒有足夠的證據能讓凶手徹底屈服。不出所料，四之宮立刻找到推論中的破綻，反駁道：

「這簪子是我四之宮的護身武器，兩天前剛用過。若驗出血跡反應，可能是兩天前留下的，不一定和這次的命案有關。」

我隨即換了一個問題：

「兩天前使用過……這麼說來，在這會場裡，你並未再以簪子代替武器，也沒有擦拭或清洗上面的血跡？」

「當然沒有。」

我將簪子收入夾鍊袋，冷笑道：

「即使你說謊也沒用，只要驗一下這簪子上的指紋就知道答案了。」

四之宮微微皺眉，顯得有些錯愕。

「指紋？」

「進入會場前，你曾通過金屬探測門，並接受保安人員的搜身檢查。過程中你應該曾拿下簪子，對吧？所以你走進會場時，簪子差點滑落。」

四之宮一聽，臉色登時變得極爲難看。

「沒錯，是你幫我將簪子推了回去。」

「那時我還沒戴上調查用手套。如果四之宮小姐沒用這簪子殺害笠居先生，也沒在廁所洗去沾附的血跡，那麼簪子上應該留有我的指紋，對吧？」

四之宮一時啞口無言，只能凝視著裝在夾鍊袋裡的簪子。

「那是……」

「你用這簪子殺害笠居先生，以爲在廁所洗一洗，就能徹底消滅證據？可惜，這簪子上有螺鈿裝飾，表面呈明顯凹凸。再怎麼用水清潔，也可能殘留笠居先生的皮膚組織。等一下我會好好檢查。」

雖然這有點嚇唬人的成分，但四之宮無力反駁，陷入沉默。

沒想到，有人出聲替她解圍。

「夠了！別再胡說八道！」

陸奧沉聲提出抗議。

「說到底，根本不可能使用糖果製的假刀。桐生，你該不會忘了吧？當時你們一走進來，水田就用金屬探測器檢查屍體上的小刀，確認那是金屬製的。」

我苦笑著回答：

「這並不矛盾。金屬探測器有反應，不代表整把刀都是金屬製的。」

諸岡一聽，瞪大眼睛說道：

「你的意思是，當時插在屍體上的是糖果製的假刀，只是貼了某種金屬片上去？」

「正是如此。」

這次會議嚴禁攜帶金屬物品進場。

能攜帶金屬製品進場的人，只有配備防衛武器的我和水田，以及裝有義肢的諸岡。

會議期間，水田一直和我一起行動。

當水田以金屬探測器檢查屍體上的小刀時，我全程盯著他，他並未做出往小刀上貼東西的可疑舉動。

相羽一臉納悶地問：

「等等，那金屬片又是怎麼帶進來的？你該不會想要告訴我們，諸岡和四之宮是共犯，而諸岡義肢裡藏了金屬片吧？」

「不可能。使用糖果假刀搭配金屬片的僞裝手法，對老闆沒有任何好處。因爲這麼大費周章，老闆的義肢還是擺脫不了嫌疑。」

「確實有道理……」

相羽不再提出質疑，我接著說：

「話說回來，雖然這場會議禁止夾帶金屬物品，但原本會場內就有許多家具、門板上的螺絲及廁所管線是金屬製成。」

四之宮面露微笑，說道：

「桐生，案發後你不是檢查過了嗎？那些螺絲和管線都沒有異狀。」

「是的，我都檢查過了，沒有任何損傷。」

聽到這裡，陸奧哈哈笑了起來。

「那不就表示假刀上貼的金屬片，既不是外面帶進來的，也不是原本就在會場的東西？眞是太愚蠢了！這證明根本不存在什麼金屬片！那把插在屍體上的刀，確實就是鈦合金製的眞刀！」

「不，還是有可能從外面夾帶金屬片進來。」

會議圓桌上一片安靜。過了一會，諸岡才低聲問：

「……怎麼做？」

我沒有直接回答，而是望向擺在桌上的六枚信封。

「這些信封，是這次擔任主席的相羽先生，連同邀請函一同寄給各位參加者的東西，對吧？信封裡應該裝著宣誓書？」

相羽有些困惑地點頭，回答：

「對，這是慣例。在泰坦會議開始前，主席會回收所有參加者『絕對服從決議』的宣誓書。」

我拿起一枚信封說：

「那個金屬片，就是藉由這些信封帶進會場。」

我一說出這句話，杜的表情頓時僵住了。

「不可能！我帶著宣誓書通過金屬探測門，並沒有引起任何反應！」

「凶手正是看準這一點。」

「什麼？」

「本飯店使用的金屬探測器雖然有著極高的性能，但尺寸太小的金屬無法偵測出來。凶手只要預先在這六枚信封裡，分別藏入極小的金屬片，每一片都小到不足以觸發探測器的警報就行了。」

諸岡彷彿噎住般叫道：

「難道……凶手讓我們所有人都成了極小金屬片的『運送者』？」

我重重點頭。

「沒錯。極小金屬片不足以觸發探測器，所以各位都能帶著信封通過金屬探測門。凶手回收你們提交的信封，取出藏在裡頭的極小金屬片，全部合在一起……」

陸奧雙手交抱，咕噥道：

「原來如此。只有一小片的話金屬探測器不會響，六片合起來肯定就會響了。」

「接下來，凶手只要將這『集合金屬片』貼在假刀上即可。問題是，四之宮小姐要獨自完成此事並不容易，這意味著她必定有共犯。」

我停頓了一下，凝視某個人，繼續道：

「那就是負責準備及寄出這些信封，並且在會場上回收宣誓書的人——也就是會議主席，相羽先生。」

*

相羽沒有絲毫驚慌，反而露出茫然的神情。

「你說我是四之宮的協助者？」

——這兩人必定是共犯關係。

要執行這項計謀，必須事先在寄給每個參加者的信封中藏入極小金屬片。能做到這一點的人，只有負責準備和寄送信封的主席相羽。

我輕輕一笑，說道：

「抱歉，或許我的表達方式造成各位誤解。更精確地說，四之宮小姐才是協助者，而相羽先生是主謀，整起案件的幕後黑手。」

相羽抱著頭哀號：

「爲什麼會是這樣的結論？」

我瞥了四之宮一眼，她依舊頂著一張撲克臉，實在令人佩服。

我繼續挑釁道：

「目前看來，笠居先生被殺時，相羽先生有不在場證明，所以肯定不是行凶者。但反過來說，或許這不在場證明，正是因爲你事先知道四之宮要在休息時間動手，於是一到休息時間你就趕緊去上廁所，接下來都待在泰坦大廳與人聊天，努力製造不在場證明。」

「只是巧合罷了。」

「還有，表面上泰坦會議參加者地位平等，然而實際上『平等』一詞，唯獨對四之宮小姐不適用。她小時候蒙杜女士提拔，後來又接受了你和陸奧先生的指導。」

相羽嘆了口氣，點頭應道：

「沒錯，大約二十五年前，我們認爲犯罪業界缺乏優秀的會計師，於是著手『打造』了一位。就這層意義而言，我們也算是四之宮的養父母吧。」

——「打造」四之宮嗎？

這種說法令人感到極度不快，我不禁瞪著相羽。

「據說四之宮小姐在『七王』中，經常被指派做一些瑣碎的雜務。說得更明白一點，你們將自己日常中不想做的事，都推給了你們『培育』出的黑暗會計師。」

相羽忽然哈哈大笑，肩膀劇烈抖動。

「你認爲我們不想弄髒自己的手，連殺人的工作也推給四之宮？我只能說，你的想像力未免太豐富了。該不會……你是把自己的悲慘人生投射在四之宮身上了吧？」

內心一陣火大，我感到臉孔發燙，喉嚨彷彿被堵住了，一句話都說不出口。

確實，我與四之宮的境遇十分相似。

道家一時心血來潮，收養小時候的我。他教會了我在犯罪業界的生存之道，並將我培養成殺手「厄瑞波斯」。

——不知有多少次，道家老爺子不合理的要求害我差點送命。

至今我仍無法理解道家這個人。我甚至不知道，他是將我視爲殺人工具，還是把我當成家人看待。

身爲一名殺手，我對道家並沒有崇高的敬愛與仰慕之情。但我也不否認，他確實是將我養育長大的恩人。

因此，直到最後我都無法背叛道家。

——如果當初道家命令我在阿姆雷特大飯店中行凶，我會怎麼做？

我不知道。明知自己只是一枚棄子，我可能仍會默默接受命運的安排。

我閉上眼睛，點頭回道：

「或許你說得對，我過於感情用事。」

「你不是一個稱職的飯店偵探。」

相羽的譴責犀利而毒辣，我咬緊牙，再度睜開雙眼。

「就算不稱職，我也會讓真相水落石出。」

「說得簡單，能不能做到又是另一回事。明明沒有證據能夠證明我在信封中動手腳，你憑什麼指控我是凶手？」

「我會請多克針對這六枚信封進行科學鑑定，一定能找到藏匿金屬片的痕跡……」

就在這時，四之宮微弱地出聲：

「不用那麼麻煩，我四之宮承認自己就是凶手。」

這突如其來的自白，讓我一時無言以對。方才嚴厲批評我的相羽，像是突然接受了命運，點頭說道：

「好吧，看來再爭辯下去，也沒有多大意義。」

四之宮陰鬱地聳了聳肩，接著說：

「桐生的推理幾乎完全正確。首先，我準備了一把精巧的糖果假刀帶進會場。諸岡與笠居的談話結束後，我算準時機前往休息室，拿簪子刺向笠居的胸口。」

四之宮接著解釋，原本她就打算在休息室裡殺害笠居。

笠居在會議上提議關閉飯店，連休息時間都得面對諸岡實在太尷尬，想必會躲進休息室──這早在他們的預期之中。

「不過，諸岡竟然在休息時間跑到休息室與笠居溝通，這一點實在出乎意料。幸好兩人只談了十分鐘，對我們的計畫沒有影響。」

刺殺笠居後，四之宮拔出簪子，將糖果假刀插入傷口。

「……接著我進入女廁，將犯案用的手套丟入馬桶沖掉，並洗掉簪子上的血跡。當時，我也洗掉了桐生的指紋，沒想到會因此露出破綻。」

我雙手交抱，提出疑問：

「你在糖果假刀上，貼上相羽先生事先施展詭計帶進會場的『集合金屬片』？」

「沒錯。」

「眞是大膽的手法。假刀做得再精巧，一旦近距離仔細檢查，很可能有人會察覺它並非鈦合金製。」

四之宮露出別有深意的微笑。

「我四之宮是有勝算的。只要讓小刀的形狀，與五年前那起案件中的小刀完全相同，大家就會先入爲主地認爲這次使用的凶器也是鈦合金製。」

一旦成功讓大家相信會場內出現鈦合金刀子，那麼能夠夾帶進來的人，只有裝著義肢的諸岡。這樣一來，就能讓老闆揹黑鍋——四之宮如此說明。

「不過，桐生的推理有個地方大錯特錯。相羽先生不是主謀，更不是幕後黑手。」

「沒錯，其實我才是受害者。」

相羽自然地接過話。我不禁皺起眉頭，問道：

「什麼意思？」

「說起來，我會在信封中藏極小金屬片，只是因爲四之宮提議玩一個有趣的惡作劇。」

四之宮跟著用力點頭。

「沒錯，我告訴相羽先生，在禁止攜帶金屬的泰坦會議會場中，突然出現金屬製品，所有人一定會大吃一驚。」

「我根本沒料到，自己設法帶進會場的金屬片，竟然會變成命案現場的僞裝道具……所以我抱著好玩的心態，答應她的要求。」

「你們在撒謊！」

我脫口道。但沒有證據能夠戳破他們的謊言，我只能咬牙切齒地說：

「少開玩笑，難不成相羽先生想告訴我，笠居先生死後，你怕被懷疑是共犯，才一直沒說出金屬片的事？」

「或許你不相信，不過這是事實。我根本不知道四之宮的殺人計畫，純粹是想到以我的立場，如果坦白告知金屬片的事，馬上會被懷疑是幕後黑手。事實上，你剛才不就把我當成了主謀？」

此時，四之宮忽然朝相羽深深鞠躬。

「對不起，相羽先生，我欺騙了你。我並非對你有私怨，只是這個犯罪計畫是以讓主席變成『共犯』爲前提。」

相羽擺出一副寬宏大量的態度，說道：

「你不必向我道歉。可是，你觸犯了飯店的禁忌，犯下殺人重罪，應該很清楚，自己是逃不了的吧？」

在我聽來，相羽這番話無疑是在暗示四之宮「現在你應該做的事情，就是代替身爲主謀的我扛下全部罪責，獻出你的生命」。四之宮睜大眼睛，似乎想說什麼，最後卻只是點了點頭，回答：

「當然，我已有償命的覺悟。」

諸岡似乎忘了四之宮曾想嫁禍給他，一臉哀戚地問：

「我不明白，你爲什麼要殺笠居？」

四之宮倏然露出令人毛骨悚然的淒厲笑容。

「如先前所說，我四之宮非常喜愛阿姆雷特大飯店。想要保護自己所愛之物，難道還需要別的理由嗎？」

她說著，從髮束中取出一樣東西，迅速放入嘴裡。

「是毒藥！」

我急忙抓住她的手臂，但她緩緩癱倒在地上，下一秒全身劇烈抽搐，轉眼間就奄奄一息。任誰都看得出來，四之宮已回天乏術。

我甚至來不及用無線電呼叫多克，她便氣絕身亡。

相羽冷冷地俯視四之宮的屍體，接著一個轉身，邁步走向泰坦大廳的出口。

「你要去哪裡？」

我憤怒地顫聲問，相羽卻揚起嘴角：

「眞凶已抓到，犯案手法也已查明，何必繼續留在這裡？既然笠居死了，這場會議當然不會有結論。接下來的行程，不是交流酒會嗎？」

就連曾是殺手的我，也感到一股涼意竄上背脊。

杜和陸奧不約而同地望著相羽，皆是一副目瞪口呆的神情。相羽則回以鄙視的目光，彷彿在說「膽小鬼」。

「別擺出那種死氣沉沉的臉！如果不想在剛發生命案的飯店舉行交流酒會，可以去附近我開的賭場喝一杯。」

——別想逃走！

飯店偵探掌控大局的權限，僅限於阿姆雷特大飯店內。一旦相羽踏出飯店一步，我便再也無法動他一根寒毛。

我掏出警衛用手槍，瞄準即將開門踏出走廊的相羽。即使如此，相羽仍毫無懼意，哼笑了一聲。

「你以為這種威脅對我有用？」

「竟想將殺人罪嫁禍給老闆，光憑這一點，你便罪該萬死。而且你見苗頭不對，為了自保，無情拋棄了共犯四之宮。她可是一直到死，都在保護你！」

相羽譏諷地回道：

「你要我說幾次？我也是遭四之宮欺騙的受害者。何況，我對這家飯店造成什麼危害？頂多只是沒說出我所知的事而已。」

我不禁咬住嘴唇。

不管我如何絞盡腦汁，就是無法證明相羽在背後操控四之宮。不，說到底，想在這個會場的有限空間內找出證據，或許根本就是天方夜譚吧？

諸岡按住我的手臂，說道：

「算了，是我們輸了。」

「可是……」

「既然無法證明他是主謀，只能讓他離開。桐生，一旦你開了槍，你自己反而會成為違反鐵則的現行犯，到時我們只能處決你。」

諸岡的聲音幾近哽咽，水田也搖了搖頭，露出懇求的眼神，凝視著我。

此刻，水田仍是我的同事。

然而我一扣下扳機，水田及這飯店的所有人，都會立刻成為我的敵人。飯店裡的員工多達上百人，我早已記住每個人的臉和名字，其中不少人與我有交情。我不想與他們兵戎相見，更不想傷害他們。

——只能到此為止了嗎？

我慢慢放下槍。

「很好，你是個聰明人。」

相羽確信自己勝券在握，露出惡魔般的笑容。他再次握住門把，接著道：

「話說回來，就算我真的捨棄了四之宮，那又如何？四之宮還是個孩子時，杜、陸奧和我就教育她『要有隨時能為我們犧牲的覺悟』，道家不也是把你……」

那一瞬間，我本能地扣下扳機。

＊

「你竟敢……真的開槍。」

相羽氣喘吁吁地說道，同時踉踉蹌蹌地倒向門口，身體緩緩下滑，在門上留下鮮紅的血痕。

我調勻呼吸，冷冷地說道：

「道家老爺子奉行的是徹底的個人主義。至少他不像你這麼噁心，做出自殺般的行爲還拖一個人墊背。」

我握著槍往前一步，相羽哀號大叫：

「快，快抓住桐生！」

然而，現場沒有一個人採取行動。就連杜與陸奧，也默不作聲地觀望著事態發展。

我輕笑一聲，說道：

「不用這麼大驚小怪，我避開了要害。」

「快叫醫生……」

相羽不住喘息，我粗暴地扯下他的晚宴西裝外套，抓起飲料區的毛巾，朝他拋去。

「何必叫醫生？用這個止血就行了。」

相羽稍微恢復冷靜，終於發現自己只是右肩中彈，沒有生命危險。我避開了重要器官及血管，因此出血量不多。

他用毛巾壓住傷口，咬牙切齒地說：

「原來如此，你沒膽殺我。以爲用這種方法脅迫我，我就會坦承自己是主謀嗎？」

我冷冷地俯視著他，回答：

「剛才那一槍，只是阻止主謀逃跑，我的推理還沒有結束。」

相羽的臉上逐漸失去血色，原因恐怕並非只是失血過多。不過，我雖然鎮住了相羽，卻同時把自己逼上了絕路。

——若無法證明這傢伙是主謀，我將因開槍打傷他而受到處罰。儘管他只受了輕傷，畢竟是響噹噹的大人物，我恐怕沒辦法活著離開飯店。

我懷著最後一絲希望，轉頭問水田：

「水田，我突然想起來，你說過一句奇怪的話：『我看這次還是別送蛋糕盤進去了，以免增加不必要的謎團。』」

水田遲疑了一會，點頭應道：

「我確實這麼說過。」

「你用了『這次』這種說法，難道五年前的泰坦會議中，曾發生與蛋糕盤有關的麻煩事嗎？」

到目前爲止，唯一還讓我耿耿於懷的疑點，就是水田的那句話。如果無法藉此找到突破口，我將徹底敗北。

水田似乎察覺我的想法，輕輕吸了口氣，侃侃說道：

「如同各位所知，五年前的泰坦會議，維安方面遠不及這次嚴格。因此在休息時間，我們曾送上特製法式蒙布朗蛋糕供客人享用。」

「原來如此。」

犯罪業界的巨頭齊聚一堂，吃著蒙布朗蛋糕的景象，只能以詭異來形容。

「後來凶手發動攻擊，米本先生遭刺殺，鈦合金刀從會場中不翼而飛。那段時間裡，用來裝蒙布朗的蛋糕盤也又一枚消失。」

水田接著解釋，消失的蛋糕盤是飯店常用的白色無紋平盤，直徑接近二十公分。

聽到這裡，我不禁笑了出來。

——原來如此。

包含相羽在內，所有人都憂慮地望著我，似乎懷疑我的精神出了問題。我沒有理會，再度開口：

「看來我之前的推理並不正確，現在我全明白了。」

「話雖如此，先前的推理倒也不是全盤錯誤。『四之宮小姐用自己的簪子刺殺笠居先生，並將糖果假刀偽裝成鈦合金刀』，這部分的推論是正確的。」

陸奥微微瞇起眼睛，應道：

「這麼說來，錯的主要是『糖果假刀和鈦合金刀的掉包手法』？」

「眞是荒謬。」

相羽一臉不屑地罵道。他用毛巾壓著傷口，怒瞪著我。我對他微微一笑，說道：

「就算用較難融化的糖果材料製作出外觀相似的假刀，一旦有人近距離檢查，仍有可能發現是假貨。對於想要逃避罪責的凶手來說，風險畢竟還是太大。」

諸岡頻頻點頭，附和道：

「確實，你原本的推論雖然不是不可能實行，但成功率很低。」

「想要提高成功率，其實挺簡單。只要在發現屍體的當下，不給其他人仔細檢查凶器的機會，迅速將假刀掉包成眞刀就行了。」

聽到這裡，水田眨了眨眼睛，說道：

「可是，凶手不就是因爲無法將金屬小刀帶入會場，才不得不用糖果假刀嗎？」

「不，鈦合金小刀早已被帶入會場。」

這句徹底顚覆前提的推論，導致泰坦大廳一片譁然。只有相羽依然保持冷靜，露出銳利的目光，瞪著我：

「那麼你倒是說說看，凶手是如何突破重重檢查，將金屬小刀帶進會場？」

「在探討這個問題前，我想先說明四之宮小姐是在何時將假刀掉包成眞刀。」

我環顧眾人，繼續道：

「我和水田接到發生命案的消息，趕到休息室時，四之宮小姐已跪在屍體旁。當時，她的嘴唇是血紅色，然而進入訊問階段後，她的唇色變成粉紅色。」

諸岡臉色大變，「難道……」

「沒錯，當時四之宮小姐的嘴唇，是被笠居先生的血染紅。」

陸奧打了個哆嗦，摀住嘴說道：

「這麼說來，那時她已……吃掉插在笠居屍體上的糖果假刀？」

我用力點了點頭。

「我和水田進入休息室的瞬間，大家的注意力必定會從屍體移向我們兩人。四之宮小姐趁機回收假刀，換上鈦合金刀。」

接著她迅速吃掉了假刀。由於假刀上沾有笠居的血，她的嘴唇才被染紅。

水田納悶地問：

「糖果假刀將近二十公分，那麼短的時間內吃得完嗎？」

「既然計畫在其他人詳細檢查凶器前掉包刀子，糖果假刀根本不必完全複製整把刀，只須製作刀柄及部分刀身即可。」

假刀其實相當短，不僅更易於藏在衣物下，也方便迅速吃掉。

相羽憤怒地咆哮：

「別胡說八道了！四之宮的唇色根本沒變，你只是爲了陷害我才這麼說！」

一旁的杜立刻搖頭，說道：

「不，我也記得四之宮的唇色改變了。喏，發生命案後，檢查個人隨身物品時，注意到四之宮沒帶口紅之類的化妝品，我不是很驚訝嗎？」

我輕輕頷首附和：

「沒錯，確實有這麼回事。」

「當時我以爲她是在休息時間快要結束前，塗上紅色唇膏，後來唇膏脫落，才又恢復原本的粉紅色。但事實上，她並未攜帶任何化妝品進入會場。」

就連杜自己，也只帶了凡士林當護唇膏。她的唇蜜觸發金屬探測器遭到沒收，無法帶進來。由此可知，四之宮的唇色變化，一定是沾上了鮮血，不可能有其他理由。

相羽默然無語，我不再理會他，接著說：

「現在最大的疑點是，既然凶手刻意使用糖果製的假刀，爲何在眾人發現屍體的數分鐘內，就能將其換成眞刀？」

相羽露出僵硬的笑容：「這表示你的推理是錯的。」

「不，這推理百分之百正確——四之宮小姐在休息時間裡，用簪子殺害笠居先生。當時她手邊尚無鈦合金刀，只能以糖果假刀插在屍體上，僞裝成鈦合金刀。」

我在泰坦大廳內來回踱步，接著道：

「各位發現屍體時，屍體上仍是那把假刀。然而在我與水田趕到前，短短幾分鐘內，四之宮小姐取得鈦合金刀，並且趁我們踏進休息室的瞬間，把假刀換成眞刀。」

聽到這裡，諸岡皺起眉頭問：

「短短幾分鐘？」

「是的。就在那幾分鐘內，泰坦大廳出現一個會議期間不會發生的特殊狀況。」

水田最先恍然大悟，高聲說道：

「難道是……泰坦大廳呈現『無人狀態』？」

「沒錯。」

諸岡曾將阿姆雷特大飯店比喻爲一艘船，誓言「倘若船即將沉沒，他將與船共存亡」。因此泰坦會議有個慣例，諸岡總是最早進入會場，會議結束後最晚離開。

我接著說：

「如同各位所知，這次的泰坦會議，老闆很早就進入泰坦大廳。而且根據各位的證詞，即使是在休息時間，『泰坦大廳始終有超過三人在場』。」

過去每一次舉行泰坦會議，眾人在休息時間做的事情其實大同小異。陸奧曾這麼形容：

「休息時間不就是這麼回事？大家自己找時間去上廁所，剩下的時間就是閒聊。」

杜也證實了這一點。

「確實，我參加過好幾次泰坦會議，從未見過這裡一個人都沒有的情況。」

「沒錯，『七王』的每位成員應該都是如此。正是因爲知道沒有機會獨自待在泰坦大廳，凶手才構思出這次的殺人計畫。」

陸奧打了個哆嗦，說道：

「眞是太詭異了，聽起來簡直像是『爲了製造在泰坦大廳獨處的機會，故意在休息室殺人』。」

「這確實是凶手的目的之一——當各位都前往休息室查看屍體的時候，泰坦大廳就會呈現無人狀態。凶手趁機取出藏在廳內某處的鈦合金刀，偷偷帶在身上，接著才跟隨眾人進入休息室。」

相羽犀利地反駁：

「就算事實眞的像你說的那樣，也有可能全是四之宮一個人幹的。偷偷取出眞刀的人是她，殺死笠居的人也是她，這一點也不矛盾。」

「不可能。根據各位的證詞，發現屍體的當下，四之宮是第一個走進休息室的人。換句話說，她無法趁那段時間取得藏在泰坦大廳的眞刀。」

相羽一時語塞，旋即又反駁：

「即使如此，你也無法證明單獨留在泰坦大廳的是我吧？」

「那麼，我們先來談談眞刀藏在哪裡。」

我走向會議圓桌，在白瓷骨灰罐前停下腳步，一邊打開蓋子一邊說道：

「鈦合金刀就藏在這骨灰罐裡，而且是五年前就一直在罐裡了。」

我拿起骨灰罐，向眾人展示內容物。裡面有大小不一的灰白色骨塊和人工關節。

「有些骨灰罐，裡頭會放一些故人生前用過的物品。這罐中有人工關節，若以金屬探測器檢查，本來就會有反應，因此成了藏匿金屬物品的好地方。」

水田難得激動地搖頭反駁：

「不可能！桐生，你忘了嗎？會議開始前，我們仔細檢查過整個會場。由於骨灰罐有金屬反應，我們特地打開來看過。倘若骨塊的底下藏了刀子，怎麼可能沒發現？」

「不，我們眞的看漏了。」

我伸手探入骨灰罐底部，果然不出所料，摸到一枚蛋糕盤。我取出那白色平盤，舉高說：

「這是本飯店專用的蛋糕盤，直徑將近二十公分，正好比骨灰罐的底部小了一點——鈦合金刀就藏在蛋糕盤底下。所以，我們從上方僅能看到骨灰和人工關節，看不見刀子。」

諸岡一臉疑惑地問：

「桐生，剛才你說刀子五年前就在罐裡？這意思是……」

我點了點頭，「沒錯，五年前突然消失在會場中的米本先生那把刀，一直藏在這個骨灰罐裡。至於在日式庭園池子中發現的那把小刀，應該是兇手故意放的複製品吧。」

水田稍稍冷靜下來，再次搖頭反駁：

「很遺憾，這個推理還是說不通。」

「爲什麼？」

「今天檢查會場，打開骨灰罐的蓋子後，我們只以肉眼確認內容物。但五年前命案發生後，爲了尋找米本先生的小刀，可是把家具及所有雜物都翻過來徹底檢查過了。當然，骨灰罐也不例外，一樣是將裡面的東西全倒出來，確認沒有異狀。」

我輕笑了一聲。

「我想也是。以藏匿地點而言，這骨灰罐實在稱不上安全，隨時可能被發現。我猜凶手原本是打算把刀子藏在其他地方。」

聽到這裡，諸岡皺起眉頭問：

「可是，當時會場還有什麼地方能藏刀子……？」

「恐怕是藏在受害者米本先生的體內吧。殺害米本先生後，凶手將刀子斜插入傷口，使其完全隱沒在屍體內。」

「這不可能！米本的屍體經過檢驗，如果眞的藏了凶器，怎麼可能沒發現？驗屍的工作，是由當時的飯店專屬醫師負責……」

說到一半，諸岡的話聲逐漸轉弱，陷入沉默。我低頭看著地板，點頭說道：

「前任飯店醫師與現任的多克不同，品行有極大問題，遭到解雇。凶手只要收買他，要僞造驗屍結果並不困難。」

陸奧露出嘲諷的微笑，說道：

「把凶器藏在屍體內再運出會場外，確實不是不可能辦到。就算飯店人員使用金屬探測器檢查屍體，飯店醫師也能以『屍體內有醫療用骨釘』爲由蒙混過去。」

杜嘆了口氣，喃喃低語：

「不過，出乎意料，後來諸岡臨時決定要用X光檢查屍體。當時飯店醫師已完成驗屍，呈報刀子沒藏在屍體內，想必慌了手腳。」

我點了點頭，接著說：

「X光一照，凶器藏在屍體內的事就會露餡。於是前任醫師連忙找了藉口支開所有人，取出藏在屍體內的鈦合金刀，擦掉上頭的血跡，再利用蛋糕盤把刀子藏在骨灰罐底部。」

當時飯店醫師想必是算準了水田已徹底檢查過骨灰罐，應該不會檢查第二次，乾脆賭一把，將刀子藏進骨灰罐。

「對前任醫師來說，這一招只能說是死馬當活馬醫。但從凶手的立場來看，沒辦法把凶器夾帶出會場，已是一大挫敗，更何況凶器藏在骨灰罐裡，一點也不安全。」

水田恍然大悟，說道：

「所以凶手臨時製作凶器的複製品，丟進日式庭院的池子，讓大家以爲凶器已被帶出會場，就不會再有人打開骨灰罐尋找凶器。」

不過，製作複製品需要時間，因此四天後才有人「發現」丟在池裡的小刀，造成詭異的時間差。

我的視線回到相羽身上，繼續道：

「換句話說，這次命案中找到的鈦合金刀，是藏在骨灰罐中的、五年前命案的凶器。只要詳細檢驗，必定能在刀子表面發現燒碎的骨粉，證明刀子曾被放在骨灰罐裡。」

相羽仍不服氣地說道：

「即使如此，也只能證明我、杜或陸奧其中一人，從骨灰罐中拿出真刀，暗中交給四之宮而已。」

「沒錯。」

「而且，你也不能斷定那個人就是五年前的凶手。或許那個人只是和你一樣推理出刀子藏在骨灰罐裡，並且在自己的計畫中利用了這一點。」

我以手指輕抵下顎，搖頭說道：

「可是，光靠推理，並不能百分之百確定骨灰罐裡真的有刀子。誰會在沒有把握的情況下，將不確定是否存在的刀子納入實際的犯罪計畫中？既然敢設計並執行這樣的計畫，一定是知道五年前那把刀子藏在骨灰罐裡的凶手本人。」

相羽強忍著傷口的疼痛，聳了聳肩。

「那麼，四之宮就是五年前那件案子的凶手。從骨灰罐取出刀子的人，只是受她所託的共犯而已。」

「不，從體格來推斷，五年前那件案子的凶手是男性。」

「就算是男性，也不能證明我就是五年前的凶手。有可能是陸奧、笠居或諸岡……都過了五年，你根本無法證明凶手的身分吧？」

我輕輕拍手，應道：

「相羽先生，你說的都沒錯。」

「什麼？」

「即使知道五年前的凶器藏在骨灰罐裡，也無法藉此鎖定凶手身分。當初遭凶手收買的前飯店醫師也不在了，沒有任何人能夠作證。」

對相羽而言，我這幾句話應該正中他的下懷，但他沒有露出得意的表情，反而渾身劇烈顫抖起來。

「夠了！別再說了！」

我無視他的哀求，接著道：

「五年前的命案，雖然過程中出現意料之外的狀況，但以結果來看，算是一起毫無破綻的完全犯罪。凶手大可對凶器置之不理，任由飯店人員在骨灰罐中發現凶器。然而凶手卻不惜再度殺人，親手將鈦合金刀從骨灰罐取走。爲什麼凶手要冒這種險？」

「別說了！求求你！」

現在求饒太遲了。我伸手探入從相羽身上脫下的晚宴西裝外套的胸前口袋裡。

「理由很簡單。骨灰罐中，除了五年前那件案子的凶器外，還有一樣能夠證明凶手身分的致命證據。」

說完這句話，我從口袋裡取出一枚賭場籌碼。

當初檢查隨身物品時，我發現相羽攜帶的籌碼不僅老舊且傷痕累累。我高舉那枚籌碼，讓眾人看清楚。

「五年前，道家老爺子曾反擊凶手。一直以來，大家都以為那一擊被凶手的防護背心擋下，其實是凶手胸前口袋裡的這枚賭場籌碼，擋住了刀尖。」

賭場籌碼是以陶土製成，不算十分堅硬，正常情況下不足以抵擋尖刃刺擊。但當時受催眠瓦斯影響，道家的反擊力道減弱，相羽才得以靠這枚籌碼免於受傷。

我毫不留情地繼續道：

「當年殺了米本先生後，你將這枚賭場籌碼和刀子一起藏進屍體裡。因為籌碼上有刀痕，你害怕檢查隨身物品時，會被懷疑這枚籌碼擋下道家的反擊。」

——沒想到那是個錯誤的決定。

水田皺著眉頭說道：

「前任飯店醫師得知諸岡打算使用X光檢查屍體，慌忙偷偷從屍體中取出鈦合金刀和籌碼，一起藏入骨灰罐。」

「沒錯，就是這麼回事。」

「後來老闆封鎖了泰坦大廳這區，誰也沒辦法偷偷溜進來取走刀子與籌碼——所以相羽先生只能在五年後的這次會議上採取行動。」

「不對！全是胡扯！」

相羽抱著頭嘶吼，我淡淡地接著說：

「只要詳細檢驗這枚籌碼，就會發現刀痕與鈦合金刀的刀尖吻合。此外，籌碼上可能沾有骨灰粉末，證明它曾與刀子一起藏在骨灰罐中——這將成為你就是凶手的鐵證。」

上。

突然間，相羽踉踉蹌蹌地朝我撲來，想奪回籌碼。但他只走了幾步就失血過多，倒在地

我露出微笑，「眞是愚蠢。如果這枚籌碼不是從骨灰罐中取出來的，你爲何急著奪回？你的行爲等於是認罪了。」

相羽癱倒在地，依然瞪著我手中的籌碼。諸岡嘆了口氣，出聲道：

「這麼說來，眞相就是相羽爲了從骨灰罐中取回五年前用的凶器和籌碼，利用四之宮製造殺人命案，使泰坦大廳出現短暫的無人狀態。但就算成功取回刀子，要帶出會場卻是困難重重……」

我微微頷首，「沒錯，會場出入口設有金屬探測門，一旦發生殺人命案，所有人的隨身物品都會受到嚴格檢查。」

「所以相羽想出一個非常大膽的計謀——將五年前用的凶器，偽裝成『殺死笠居的新凶器』，並利用『會場內突然出現金屬物品』這一點，讓裝有義肢的我揹上殺害笠居的罪名。」

我蹲了下來，朝著不斷掙扎的相羽說道：

「相羽先生，你眞厲害。我無法證明你是這次命案的主謀，在這層意義上，這次的案子也幾乎算是一場完全犯罪，你應該感到開心才對。」

相羽的臉上毫無喜悅之色。我舉起手槍，對準他的太陽穴。

「不過，以結果而言，你根本不應該再次殺人。爲了解開這次命案的眞相，最後卻查出你是五年前那起案子的凶手——依據飯店的鐵則，我要求你爲五年前的罪行付出代價。」

相羽發了狂般大喊：

「住手！不要開槍！」

我淡淡一笑。

——我當然不會開槍。

飯店偵探的工作，是讓觸犯禁忌者付出代價。殺人者必須償命，而且必須死在相同的殺人手法下……

因此，處理這件案子，不能使用手槍。

＊

諸岡獨自坐在泰坦大廳的桌邊，神情茫然地低語：

「桐生，這是你第一次……做出錯誤的推理。」

我苦笑著回答：

「而且這個錯誤的推理，還差點被相羽利用了。」

聽到我說出「信封內藏金屬片」的錯誤推理，相羽想必就決定要利用這一點吧。

——相羽最怕我察覺的是「五年前那件案子的凶器仍留在泰坦大廳內」。

當我提出糖果假刀的推論後，相羽心裡明白，堅持「諸岡是凶手」這條路已走不通。再加上我準備讓多克檢驗那六枚信封，一旦證實信封內沒藏過金屬片，我會察覺自己的推論錯了。

相羽權衡利弊後，認爲與其讓我找出最後的眞相，不如乾脆將錯誤的推論當成事實。於是他與四之宮順水推舟地承認「信封內藏金屬片」，接著他爲了自保，犧牲了四之宮。

値得一提的是，多克已完成進一步的檢驗。

他在鈦合金刀與那枚賭場籌碼上發現了與骨灰罐中成分相同的微量粉末，證明我的第二次推理並沒有錯。

此刻，整個泰坦大廳空空蕩蕩。

「七王」僅存的杜與陸奧已離開，屍體也移走了，廳內只剩我和諸岡。

「追根究柢，相羽的動機到底是什麼？」

我問道，諸岡心不在焉地回答：

「他想掌控阿姆雷特大飯店。這家飯店若利用得當，能衍生出非常強大的權力。」

諸岡經營阿姆雷特大飯店，純粹是爲了服務犯罪者。但若是在飯店內進行偷拍或監聽，善用取得的情報，很有可能重塑犯罪業界的勢力版圖。

我皺眉說道：「的確，就算以武力奪下飯店，也無法獲得各方大老支持。因此相羽打算將殺人罪嫁禍給老闆，讓飯店依規定處決老闆，這麼一來飯店的體制就會崩壞瓦解。」

相羽殺害笠居，也是因爲笠居主張終止飯店營運，妨礙了他的計畫。

沉默半晌，我再度開口：

「我還有一件事不明白。老闆，你爲什麼……」

「你想問的是，對於『今天是否把義肢裡的武器拿掉了』的質疑，我爲何答得模稜兩可，是嗎？」

「沒錯，我原本以爲老闆想要包庇某人。」

諸岡微微瞇起眼睛，應道：

「首先，我該向你道歉。義肢中有隱藏空間的事情，我沒先告訴你和水田。」

「如果我預先知道，必定會要求你取下義肢再進入會場。」

這麼一來，諸岡就不會被逼入絕境。

諸岡一臉苦澀地點頭說道：

「就連我的妻子，也不知道義肢的祕密。打造義肢的師傅，是個守口如瓶的人。這是只有我知道的祕密，我原本打算當成最後的王牌。」

然而，實際上「七王」幾乎都早已看穿諸岡的義肢有隱藏空間。或許是透過自身擁有的特殊情報網，得知這個祕密；也或許純粹是靠著推測，得到這個結論。

我輕輕搖了搖頭，再次確認：

「所以，今天義肢裡眞的是空的？」

「是的，在進入會場前，我還在廁所內確認過。而且就像你說的，義肢內若藏著武器，重心會稍微改變，就算只是非常輕巧的鈦合金小刀，我也不可能沒有察覺。」

「既然你確定義肢裡是空的，爲何不直截了當說出來？你不可能不明白，在那個節骨眼，說錯一句話都可能揹上殺人罪名。」

我大聲提出質疑，諸岡一臉無奈地說：

「當時我心裡想著……如果有必要，我願意背負殺害笠居的罪名。」

我瞪大眼睛，問道：

「爲什麼？難道是因爲笠居主張關閉飯店，你也和凶手一樣，認爲他該死？」

「當然不是，只不過……」

諸岡又呑呑吐吐了起來，我鼓起勇氣說道：

「當我得知你們決定掩蓋五年前米本先生的命案，我的第一個想法是『這不太像老闆的作風』。」

「沒錯，若是平日的我，一定會堅持調查下去，直到眞相水落石出。」

「然而老闆卻乾脆地同意封印這樁懸案……難道你害怕知道五年前的眞相？」

諸岡忽然抬起頭，視線沿著會議桌轉了一圈。或許他的眼前，正浮現出五年前的景象。

「之前我提過，當時米本與其他與會者之間的對立愈來愈嚴重。所以我無法否認，心中曾有一絲想要殺死米本的念頭。煩惱之餘，我曾向昔日好友道家吐露心聲。」

聽到這番意外的告白，我不禁倒抽一口氣。

「老闆，你懷疑是道家殺了米本先生嗎？」

諸岡有氣無力地回答：

「當然，我沒有任何具體的證據，而且我親眼目睹道家遭凶手攻擊。可是，道家向來擅長設計『化不可能為可能、藝術般的犯罪計畫』……」

「你懷疑道家老爺子偽裝成受害者，暗中把刀子帶出會場？別開玩笑了！任誰都做不到那種事。」

「桐生，根據你的推論，凶器曾被藏在屍體裡吧？其實，我曾懷疑道家把刀子藏在自己體內。因為當時他的腳受傷了，我猜想他會不會將刀子從傷口插入體內，讓我們找不到凶器。」

「什麼？」

我整個人傻住了。

遇襲後，道家應該是立刻被送往醫院。

當時諸岡壓根沒想到要用金屬探測器檢查道家，只簡單檢查身上的物品就讓他離開了吧。確實，若道家把金屬凶器藏在體內，要夾帶出會場或許並非不可能。

——但把將近二十公分的刀子完全埋入體內，就算是在大腿上，恐怕也有性命之憂。

諸岡一臉哀戚地說道：

「當然，這只是我的臆測，實際上要執行恐怕相當困難。只是，一旦心生懷疑，一切看起來都十分可疑。」

以道家的傷勢，住院時間超出必要，是不是體內藏有凶器的關係？案發四天後，凶器才在日式庭園的池子被人發現，是不是因爲道家花了不少時間，才把凶器從體內取出？

當然，這些都是不切實際的胡思亂想，卻長年困擾著諸岡。

「那起命案的導火線，該不會只是我對道家說了一句『如果米本死了不知該有多好』？該不會我的一句無心之語，導致道家的人生提早結束？隨著時間流逝，這個念頭逐漸壓得我喘不過氣。」

我凝視著諸岡，內心五味雜陳。

「於是，你更加不敢告訴道家培養的我，五年前發生的命案？」

諸岡輕輕點頭，說道：

「對不起，若我沒這些荒唐的想法，早點向你解釋五年前那樁命案的來龍去脈，或許今天的命案根本不會發生。桐生，你會做出錯誤的推理，歸根究柢都是我的錯。」

沉默再度降臨。過了整整十秒，我才輕嘆一口氣，回道：

「過去五年來，老闆一直爲那樁命案感到自責。如今泰坦大廳再度發生殺人命案，看到凶器的瞬間，你產生了有人想要殺你報仇的錯覺……你能夠體會凶手想要報仇的心情，所以甘願袒護凶手？」

「不，完全不是那麼回事。」

諸岡斬釘截鐵地否認，我頓時愣住。

「不是嗎？」

「那時我只是拚命想保護阿姆雷特大飯店。」

「什麼意思？你不正面回答問題，和保護飯店有什麼關係？」

「如果我一口咬定義肢裡沒藏武器，而且得到證實，事態只會更加嚴重！這麼一來，『七王』將會轉而懷疑你、水田與多克……」

這是很有可能的結果。

——與其追究「不該出現的刀子突然出現」的真相，不如把責任歸咎於「保安人員的疏忽」與「全體飯店員工狼狽爲奸」，更容易解決。

諸岡接著說道：

「一旦『七王』堅持是我們飯店的保安及調查體制出了問題，你、水田與多克的行動都將受到限制。所以，想要查明眞相，我認爲必須竭力避免這樣的狀況。」

我不禁納悶，「老闆，你完全不懷疑我們這些工作人員嗎？愈是無法解釋的情況，愈該懷疑負責保安及調查的我們才合常理吧？」

諸岡毫不猶豫地頷首，「不可能懷疑，因爲我信任你們每一個人。」

——在這個人心險惡的業界，眞的有人能給予百分之百的信任？

但從諸岡的眼神、語氣及話語中，我感受不到一絲一毫的虛僞。

過了半晌，諸岡自圓桌旁起身，說道：

「這飯店就是我的一切。不過，所謂的『飯店』，並不是一個場所。因爲建築物若被完全摧毀，重建就好了吧？我心目中的『飯店』……指的是我能夠由衷信賴的飯店員工。」

我不禁有些難爲情，跟著諸岡一起離開泰坦大廳。

「不是場所，而是人？」

「沒錯，爲了這家『飯店』，我什麼都願意做。即使這艘船有朝一日必須沉沒，我也會拚命守護到最後一刻。倘若無力回天，就一起帥氣地沉入海中！這樣的決心，我很久以前就曾告訴你，對吧？」

諸岡詼諧地說完，反手關上泰坦大廳的大門。

下一次這扇門開啓，又將是在幾年之後？

（全文完）

台灣版後記

大家好，我是方丈貴惠。

我對《法外大飯店》這部作品有著一份特別的情感，如今能夠推出繁體中文版，我感到無比榮幸。

首先，請容我爲這個系列誕生的來龍去脈稍作說明。

一切的起點，是來自康乃爾·伍立奇的中篇作品〈不對勁的房間〉（註）。我一讀之下，馬上被這篇作品裡的飯店偵探史崔克所吸引。從那時起，我就一直希望能寫一篇以飯店偵探爲主角的故事。

某天，光文社的編輯邀我撰寫一篇獨立的短篇小說。我心想絕不能錯過這個機會，於是寫下〈阿姆雷特大飯店〉，講述飯店偵探挑戰破解犯罪者專用飯店中的殺人事件。

想必已有不少讀者察覺，本作中的飯店設定，靈感來自基努·李維（Keanu Reeves）主演的電影《捍衛任務》（*John Wick*）。這部電影充滿令動作片愛好者深深著迷的元素，尚未觀

註：原標題爲〈Mystery in Room 913〉，又名〈The Room with Something Wrong〉，發表於一九三八年。

賞過的讀者，請務必一看！

自出道以來，我始終認爲「目前本格推理的趣味性只開拓出一小部分，仍蘊藏著無限可能性」，而這也成爲我創作的原動力。

在「龍泉家一族」系列中，我嘗試結合特殊設定，探索本格推理的新天地。而在本作中，我改變了創作手法，挑戰將濃厚的本格推理與動作電影元素融合，嘗試打造出一種新的推理型態。

以下針對各篇收錄作品略作說明——

〈阿姆雷特大飯店〉著重生動描繪「犯罪者專用」的特殊狀況，如何充分發揮只有在這樣的舞台才能成立的本格推理樂趣。而〈年度犯罪獎典禮殺人事件〉則爲其前傳，亦是風格鮮明的飯店職員們的昔日故事。

這兩篇請務必按照本書編排順序閱讀，方能加倍享受箇中趣味。

〈僅限熟客〉是一篇異色作品。我費了不少工夫，思索如何以本格推理的手法，呈現峰迴路轉的劇情。這是我身爲作者最中意的一篇。

〈泰坦殺人事件〉作爲壓軸，帶出一樁驚天動地的殺人事件，嫌犯全是犯罪業界大老。

這四篇故事皆以「飯店偵探VS觸犯禁忌的犯罪者」的緊湊鬥智橋段爲看點，若能讓你樂在其中，將是我莫大的榮幸。

最後，我想向所有協助本作出版的相關人士，以及閱讀至此的讀者朋友，表達我最深的感謝。不久之後，我將帶著前所未見的嶄新推理作品再度歸來，敬請拭目以待！

期待再次與你相見。

寫於二〇二五年五月十一日

解說　出前一廷

特殊環境下的特殊人心，正是這次的特殊設定所在

——談方丈貴惠的《法外大飯店》

※本文涉及故事關鍵情節，未讀正文者請愼入

不管是對喜歡本格推理或好萊塢電影的人來說，方丈貴惠的小說都十分有趣，總是將一些大家耳熟能詳的科幻元素巧妙運用在小說裡，並針對故事中的特殊設定，成功打造別出心裁的推理謎團與情節發展，感覺就像是把某些經典電影與本格推理加以融合似的。

其處女作《時空旅人的沙漏》，令人想起《回到未來》這類穿梭時空的作品，在典型的暴風雨山莊背景下，將穿越時間所需遵守的規則融入其中，使原本便出色的詭計安排變得更豐富有趣。

接下來的《孤島的來訪者》，則是如同把綾辻行人的新本格開路先鋒《殺人十角館》，與約翰・卡本特的經典恐怖片《突變第三型》融匯重組，帶來令人瞠目結舌的意外轉折。

至於第三部的《賜給名偵探甜美的死亡》，選擇以VR遊戲作爲主題，將虛實難辨的特色運用其中，令人聯想到《異次元駭客》或《X接觸：來自異世界》這類描繪虛擬世界的精采電

影。

針對這種類型融合的創作方向，方丈貴惠曾在接受台灣作家薛西斯專訪時表示，她認爲科幻作品和本格推理具有獨特的共通之處，不管是小說或電影，似乎都會使觀者的腦袋全速運轉，故事裡也很常出現角色試圖以邏輯推理來應對事件，最後卻以意外的方法解決問題等安排。

而試圖以特殊設定爲本格推理拓展可能性，帶來全新刺激的方丈貴惠也在當時表示，雖然除了奇、科幻類的作品，還找不太到其他適合與本格推理搭配的類型元素，但仍想再繼續多挑戰看看。

令人意想不到的是，她在出道至今的第一部連作短篇集《法外大飯店》裡的嘗試，其部分靈感來源竟然從原本的科幻類型，轉移到了一部以生猛槍戰和打鬥戲聞名的動作片上頭。

不過，在聊到這部片前，我們得先談談一個如今已十分罕見的職業——飯店偵探。

乍看出於虛構的職業，其實卻真實存在於世

《法外大飯店》中的主角桐生，在阿姆雷特大飯店裡擔任飯店偵探一職，負責調查發生在飯店裡的案件。

雖然這份工作聽起來像是爲了故事而特別打造，卻眞實存在，只不過主要是在美國與一些

大型飯店才會設立，後來隨著時代改變，保全公司與系統興起，才使這個職業日益罕見。

當然，《法外大飯店》裡的情況較為特別，桐生除了需要偵破案件，還得負起「懲罰」眞凶的責任。至於現實中的飯店偵探，主要是負責維護飯店內的安全及秩序，工作內容包括防範與調查犯罪、監控住客安全、保護飯店資產，有時甚至會如同私家偵探一樣，僞裝成住客或外部人員祕密執行工作。

方丈貴惠表示，第一次知道有飯店偵探這個職業，是在雷蒙．錢德勒的短篇小說〈黃褲王〉裡看到的，接著又在康乃爾．伍立奇的中篇〈不對勁的房間〉，以及都筑道夫的長篇《偵探無暇入睡》中讀到這個職業，於是受「飯店專屬偵探」這樣的設定深深吸引，同時也希望自己能找到適當的機會，以此爲創作題材。

後來，方丈貴惠以《時空旅人的沙漏》出道，旋即收到推理雜誌《鉛黃》的短篇邀約，認爲這正是撰寫「飯店偵探」這個題材的絕佳契機，並從前面提到的那部動作片裡獲得另一個重要啓發，使「法外大飯店」系列的核心概念也隨之奠定下來。

偵探維護的並非正義，而是犯罪世界的秩序

由基努．李維主演的「捍衛任務」系列電影，絕對是近年最受影迷喜愛的動作片，不僅打鬥場面別樹一格，更透過頗具武俠與奇幻色彩的特殊設定，創造出無比迷人的地下世界。

其中最知名的一個設定，是專爲殺手與犯罪人士打造的「大陸飯店」。這間飯店提供包括武器販售等各種特殊服務，同時爲了能讓所有住客安心休息，因此訂立「絕不能在飯店內殺人」的規定，違背者需得以命償命，又或者是遭到驅逐，永不得進入大陸飯店，並失去使用所有地下世界資源的資格。

一開始，方丈貴惠並未直接言明《法外大飯店》的「犯罪者專用飯店」概念是出自《捍衛任務》，僅表示這部連作短篇是「受到某部極其酷炫的動作片啓發」，並強調「只要你是西片迷，應該一讀就能猜到」，所以這次她在《法外大飯店》的台灣版後記中，應該算是第一次正式公開這部作品與「捍衛任務」系列之間的直接連結。

而推理評論家千街晶之在評論《法外大飯店》時認爲，方丈貴惠透過「飯店偵探」與「犯罪者專用飯店」這兩項核心元素的結合，成功爲飯店偵探找到了得以系列化的可能性。因爲通常來說，倘若同一間飯店不斷發生殺人事件，不免會有說服力不足的問題。但要是那間飯店原本便是爲了犯罪者特地打造，也將使犯罪變得日常，案件得以合理地一再發生，賦予飯店偵探更多大展身手的空間。

有趣的是，「飯店偵探」與「犯罪者專用飯店」這兩項核心元素的結合，使《法外大飯店》具有一種獨特的矛盾魅力，讓理應藉由偵破案件來宣揚正義與法治的偵探，雖然依舊在這些故事裡負責重建被打破的秩序，其守護的卻是非法世界的規則，還得肩負「以彼之道還施彼身」的劊子手職責，於是《法外大飯店》散發出黑色幽默特質，甚至讓方丈貴惠試圖以「特殊設定」來找尋本格推理可能性的創作路線，走出了一條與先前不同的方向。

超出常軌的犯罪思維，才是真正的特殊所在

方丈貴惠在寫《法外大飯店》時，主要是想將本格推理的縝密邏輯、有趣的特殊設定，以及比較幽默的風格合而爲一，以強調娛樂性的面貌呈現。

也因如此，《法外大飯店》除了幾名固定角色外，就連僅在特定短篇中登場的人物，也都帶有一點動漫式的鮮明特質，甚至擁有像是少年漫畫中常見的「三巨頭」或「七武海」這類未必是同伴，主要源自於實力並駕齊驅的非團隊稱號。

而從這個角度來看，我們也會發現《法外大飯店》眞正的特殊之處，並非「犯罪者專屬飯店」這項設定，而是與桐生身兼「飯店偵探」與「劊子手」的衝突身分一樣，在於那些無視法律，想法往往超乎常軌，只能以反社會人格來稱之的犯罪者心態。

正因這樣的特色，使《法外大飯店》裡的一些案件更撲朔迷離，由於相關人士一些意想不到，卻又符合角色設定的行爲與動機，帶來既扭曲又荒誕，同時充滿黑色幽默的娛樂效果。

有趣的是，方丈貴惠也彷彿將《法外大飯店》視爲影劇作品，在收錄於本書的四則短篇發表後，將後續的相關連載稱爲「第二季」，顯然有意以單行本收錄篇數作爲區分單位，藉此向影集的慣有格式致意。

而這也不禁讓人好奇，在這個熱門劇集不時推出電影版的時代，同樣的作法是否也可能發生在此一系列中，讓方丈貴惠以長篇形式，帶給我們不同於短篇的樂趣，甚至在「特殊設定」這個層面，帶來更加有趣的變化呢？

一切，就有待方丈貴惠的日後動向，來爲我們解答了。

作者簡介

出前一廷，本名劉韋廷，曾獲某文學獎，譯有某些小說，曾爲某流行媒體總編輯，過去也曾以「Waiting」之名發表一些文章。個人FB粉絲頁：史蒂芬金銀銅鐵席格。

E FICTION 67／法外大飯店

原著書名／アミュレット・ホテル
原出版者／光文社
作　　者／方丈貴惠
翻　　譯／李彥樺
責任編輯／陳盈竹
編輯總監／劉麗真
事業群總經理／謝至平
發 行 人／何飛鵬
出　　版／獨步文化
115 台北市南港區昆陽街 16 號 4 樓
電話：886-2-25000888　傳真：886-2-2500-1951
發　　行／英屬蓋曼群島商家庭傳媒股份有限公司城邦分公司
115 台北市南港區昆陽街 16 號 8 樓
客服專線：02-25007718；25007719
24 小時傳真專線：02-25001990；25001991
服務時間：週一至週五上午 09:30-12:00；下午 13:30-17:00
劃撥帳號：19863813　戶名：書虫股份有限公司
讀者服務信箱：service@readingclub.com.tw
城邦網址：http://www.cite.com.tw
香港發行所／城邦（香港）出版集團有限公司
香港九龍土瓜灣土瓜灣道 86 號順聯工業大廈 6 樓 A 室
電話：852-25086231　傳真：852-25789337
電子信箱：hkcite@biznetvigator.com
馬新發行所／城邦（馬新）出版集團
Cite（M）Sdn. Bhd.（458372U）
41, Jalan Radin Anum, Bandar Baru Seri Petaling,
57000 Kuala Lumpur, Malaysia.
電話：+6(03)-90563833　傳真：+6(03)-90576622
電子信箱：services@cite.my

封面設計／高偉哲
封面插畫／Dyin Li
排　　版／游淑萍
印　　刷／中原造像股份有限公司
● 2025 年 7 月初版
售價 460 元

版權所有・翻印必究 ISBN 978-626-7609-52-1（平裝）
ISBN 978-626-7609-51-4（EPUB）

國家圖書館出版品預行編目資料

法外大飯店／方丈貴惠著；李彥樺譯. –初版. – 台北市：獨步文化，城邦文化出版：家庭傳媒城邦分公司發行，2025.07
面 ； 公分. --（E fiction ; 67）
譯自：アミュレット・ホテル
ISBN 978-626-7609-52-1（平裝）
ISBN 978-626-7609-51-4（EPUB）

861.57　　114005729